mark

這個系列標記的是一些人、一些事件與活動。

Mark 110
京都 寂寞
Alone in Kyoto

著：宋欣穎
圖：葉懿瑩

編輯：連翠茉
美術編輯：顏一立
校對：呂佳真

法律顧問：董安丹律師、顧慕堯律師
出版者：大塊文化出版股份有限公司
地址：台北市105022南京東路四段25號11樓
www.locuspublishing.com
讀者服務專線：0800-006689 TEL：(02) 87123898
FAX：(02) 87123897
郵撥帳號：18955675
戶名：大塊文化出版股份有限公司
e-mail:locus@locuspublishing.com
總經銷：大和書報圖書股份有限公司
地址：新北市五股工業區五工五路2號
TEL：（02）89902588（代表號） FAX：（02）22901658

初版一刷：2015年11月
初版二刷：2021年6月
ISBN 978-986-213-643-0
定價：新台幣 280 元

Printed in Taiwan

國家圖書館出版品預行編目資料
京都寂寞 / 宋欣穎著 ; 葉懿瑩圖 . --
初版 . -- 臺北市 : 大塊文化 , 2015.11

面 ; 公分 . --（Mark ; 110）

ISBN 978-986-213-643-0（平裝）

855 104019997

京都寂寞

〔推薦序一〕

單人交會

瞿筱葳（影像工作者、作家）

拿到《京都　寂寞》書稿之後，我沒有一口氣看完，花了幾天慢慢讀。因為每一篇都實在好看，有時清淡悠長，有時喜感又驚喜，讀了放下還能回味其中場景一二，捨不得太快讀完。

認識欣穎是這幾年的事，隱約知道她肚子裡藏了許多關於京都的故事。後來發現這人很妙，彷彿候鳥，時不時有空就想去京都，除了扛些美麗的讓人尖叫的雅緻器皿回來，她去京都也像充電回神。我一直好奇，一個人怎麼能對一座城如此癡迷？那裡不知有什麼牽引著她，可以一去再去。

幾年前，幾組朋友前後赴京賞櫻，那是我第一次去京都，完全狀況外。幾位朋友共同編輯了一份線上地圖，主力情報提供者便是欣穎。

到了當地，我們讓那份地圖指引去了好些非熱門觀光的獨特景點，有藝術家獨自看顧的器皿店、絕美的染布坊、也有古老的錢湯（可惜我們沒去）……才發現那可說是一份欣穎私家清單。那大概是曾在古都慢行過的腳才會走到的京都滋味，讓我們的行程大大少了觀光味。但我想那只是她略施給我們這種觀光客的一點京都印象吧。

終於，欣穎寫出了在日本古都生活的那段日子。她真能寫。

在她筆下，每個故事是一個人的切面：守著單身公寓的房東、獨自去舊ＫＴＶ唱歌的老先生、古怪咖啡店的老婆婆、著迷和服的和尚、一心學中文的獨居女等等，這些人物在京都古城生活，與作者交會。欣穎用獨特的眼光記下了他們的故事，有時奇異而戲劇性，卻如此真實。每篇故事有豐富的影像感，簡直自成一部部短片，順著文字鮮活地在腦中上演起來，果然是導演出手。

如果說，旅行容易脫離原有的框架，讓人突圍。那麼，時間更延長的旅居，除了離開原地的拘束，更能進入單人的心靈空間。這樣的心靈空間，我們有時稱為「寂寞」。我想，也正是這樣的「單人感」，使人容易與其他的單人交會，也更能有餘裕看見他人的生命與故事吧。

我在書中看見一雙明亮清澈的眼睛，獨自在京都的鴨川畔、櫻花樹下、破舊老店之中遊蕩生活著，她看見了一些人一些事，以及時光的流轉。這不是旅行之眼，而是慢慢看見城市故事的眼睛。

能有段時間獨自在一個緩慢而古老美好的異國城市生活著，想來是格外的奢侈。有一個能說故事的靈魂遊走其中，記下世間片段，對一座城來說，也是幸福的啊。

我特別喜歡這一連串故事帶來的餘韻。

每則篇幅不算長，但給人的感受卻是飽滿的，安靜而立體。

這對於我們所在的資訊擁擠、虛擬社交頻繁的世界而言，這樣的閱讀經驗也是一種奢侈。而這是關於京都的書，但更是一段時光的晶瑩擷取。

〔推薦序二〕

餘味綿長的日常

馬世芳（廣播人、作家）

讀著宋欣穎的書稿，竟時時想起京都最讓我難忘的那家小館子。

人間美味多矣，而我並不挑嘴。但若問我愛吃什麼，首先還是豆皮。我會為了小菜櫃子裡那無論油炸氽燙醬滷涼拌的一碟豆皮，專程光顧一間小吃店。然而愛吃歸愛吃，心裡也知道豆皮不是什麼上檯面的菜，簡直有點兒像是不好啟齒的 guilty pleasure。豆皮做得再好，也不就是個豆皮嘛！它也是很有自知之明的，安份守己，並不去和雞鴨魚肉搶鋒頭。

不過，豆皮也有翻身當主角的時候——那是我這輩子吃過最體面的豆皮，就在京都。京都人弄素席，所謂「精進料理」，是出了名的。湯豆腐之為京都名物，便是最名貴的代表。豆皮呢，日本人叫它「湯葉」，換個名字，形象也一下子端莊起來。

十幾年前與當時還是女友的妻同遊京都，我從旅遊指南找到一間專精「湯葉懷石料理」的館子，全餐從前菜到甜點都是豆皮：豆漿浸豆皮、生豆皮、滷豆皮、炸豆皮、豆皮卷、涼拌豆皮、豆皮漬、豆皮丸子、豆皮湯、豆皮冰淇淋⋯⋯。我興奮地把這家店列入重點行程，女友就像我所認識的多數人，對豆皮雖不至於厭惡，但絕不到專程吃一頓豆皮全餐的程度。她之所以願意陪我轉三趟公車、冒著雨去吃一頓昂貴的豆皮懷石，大抵像是許多女孩忍受男伴瘋迷鋼彈模型或者戰爭電影，陪著去趟阿宅模型店或者 IMAX 電影院，純粹出於愛心與耐心吧。

那是一間小小的店，一樓是豆皮外賣的舖子，櫃檯擺著一包包乾豆皮，各種形狀尺寸應有盡有，後面就是熬製豆皮的工場。二樓才是餐廳，冷冷清清沒幾個客人。我倆在安靜得簡直有壓迫感的和室，吃了全套十三道菜的豆皮懷石。我雖愛吃豆皮，也從未想過這個東西可以出落得如此深刻、豐富、動人，平素靜靜待在料理世界邊緣底層的材料，細心提煉，巧手整治，也可以是丰姿綽約的主角呢。

下樓結帳，不忘和一身和服的老闆娘道謝。大概專程來吃豆皮全餐的異國觀光客委實不多，她堅持帶我們參觀一樓熬豆漿、煉豆皮的工場。適逢週末，師傅休息，我們語言不通，卻未稍減她的熱情——她從晾掛豆皮的長竹籤剝下乾結的豆皮，讓我們嚐嚐那新鮮爽脆的口感，一面高高舉起竹籤，認認真真睜大了眼，口誦：「yuba! yuba!（湯葉！湯葉！）」……，彷彿那竹籤便是哈利波特的魔杖，「yuba!」便是祕術的咒語了。

臨走，老闆娘贈我薄薄一冊京都精進料理公會之類單位出版，全彩精印的豆皮特刊。我在回程車上拜讀，深深覺得下輩子若轉世為豆皮，一定要投胎到京都，才不枉來人間一遭。

宋欣穎不只有導演的利眼，還有一副溫暖的心腸。她能將日常的材料，提煉成有滋有味的故事，但她從不追求戲劇化。這本書裡的京都，既非觀光客的大驚小怪、亦非在地人的熟視無睹，那是另一種好奇之眼的古都日常。書裡的角色，彷彿也是你我身邊或早或晚總會遇到的人：他們擁有貌似平凡的人生，江湖上摸爬滾打，得意時也很辛苦，常常活得有點兒狼狽，但心裡始終有著哪怕非常微小的夢想。是啊，每個人都是自己那齣戲的主角，再爛的劇本，遇到厲害的導演和演員，也有機會變成經典呢。

小津安二郎說：「電影和人生，都是以餘味定輸贏。」論餘味，宋欣穎這些故事，後勁確實是綿長的。其實整本書讀完，也沒發生什麼大不了的事——對，就跟小津的電影一樣。然而，其清雋、溫厚、細膩，卻讓我時時憶起那十三道菜的湯葉懷石料理——那可能是我平生所吃過材料最質樸、卻最值回味的一頓大餐了。

目錄

抵達。繁華與寂寞

我在櫻花盛開時，來到京都。
滿城繁華至極的櫻花，我卻看到寂寞。

四月的第一週，在東京辦完各種獎學金手續後，
我和巨大行李箱呆坐在新宿的二十四小時咖啡店裡，等待天黑。
四周人聲鼎沸，煙霧瀰漫，一張張臉孔顯得模糊，猶如電影畫面。
晚上十點，在新宿西口搭上夜行巴士前往京都。
車子行駛在快速道路上，兩旁聳入雲霄的高樓大廈，
五彩燈光閃閃爍爍，恍若置身異次元。

大部分人一上車，就在昏暗中打起瞌睡。

到達日本已經超過二十四小時的我，儘管非常疲憊，卻半點睡意也沒有。

為了未來的京都生活，出發前一個月就忙碌地準備，採買、打包、和朋友話別、停掉手機，完成手上的工作，把存款換成日幣。期間還飛了一趟京都找房子。

不過，雖然忙碌，心情卻十分雀躍。長期以來，總在捷運上幻聽到自己手機的鈴聲、被工作的死線追趕、被各種政論節目轟炸……的日子，終於可以告別了。

直到出發前深夜，一切總算大致底定，拉上行李箱拉鍊的那一刻，終於鬆了一口氣。接下來只要等待天亮，前往機場即可。

而就在這時候，沒來由地想起朋友哲生，想起他還沒給我回信。

不是說好要見面道別嗎？怎麼忘記約了？

我打開電腦，在給哲生發的那封 email 底下又追加了新郵件：

「老大，你怎麼都不理我？我再幾個小時就要出發了，你可能永遠再也見不到我了。不要後悔呀。回個信給我，或請來京都看我。」

天快亮了，準備啟程。

有個朋友突然傳來一個新聞連結：「哲生過世了。」

才讀到一半，我的腦袋就線路錯亂，完全無法會意過來。

稍早寄出那封裝可愛的玩笑 email 時，

哲生已經在山裡的樹上，以一條繩子結束了自己的生命。

我究竟為什麼要用「永遠再也見不到」這種字眼？

眼前的新聞與照片，看起來好假，像杜撰小說。

只有眼淚是真的。

但我宛如一具程式設定好的機器人，仍然繼續前行。
在機場辦完登機、把過重的行李按照地勤人員指示分裝，
然後上了飛機、繫好安全帶，起飛。
望著窗外的藍天白雲，還以為腦內亂掉的線路恢復正常了。
即使抵達後，我仍然可以按部就班辦完所有事。
為了省錢，我捨棄新幹線，寧願在咖啡店消磨時間，
選擇了搭夜行巴士前往京都。

我的朋友袁哲生是一名小說家。
和他熟識起來，是因為一套無厘頭漫畫。
當時，我們同在一家報社上班，他的座位就在我背後。
這人老是板著臉說冷笑話，還不知為什麼老是唉聲嘆氣。
有一天，我把《JOJO冒險野郎》塞給他：「老大，笑一下吧。」

過沒多久，哲生故作神秘地說：

「不要說出去，這套漫畫我才看兩頁就笑了十幾次。」

嚴肅的文藝青年，卻懂得無厘頭的幽默！

我喜歡和這樣的傢伙當朋友。

後來哲生即使換了工作，三不五時還是會打電話找我聊天：

「喂喂喂，說些八卦來平衡一下吧，悶死了悶死了……」

我不是哲生的忠實讀者，

但他會拿剛寫好的稿子來要我讀一讀，

認真、誠懇地說：「新新人類請指教！」

那還是小說的初稿。

我將永遠記得在某家二十四小時咖啡店裡，

小說家忘我的說著他的《羅漢池》構想。

但每每讀他的作品，我總是毒舌損他：「你童年一定很灰暗喔。」

事實上，非常感動，知名小說家竟如此想知道一個普通讀者的平凡感想。

哲生是溫暖的，待人體貼而誠摯，總一派雲淡風輕的說笑自己和世界。

「哎唷，寫這些有誰要看哩？何況我又不是美女系作家。」

講完自己的小說，會不忘酸一下，然後埋頭繼續創作。

我更喜歡他儘管孤獨成性，卻非常努力地活著，並且試圖讓眾人快樂。

那年冬天，正被工作壓得喘不過氣，一邊還張羅著留學日本的事，

突然接到哲生打來的電話：

「新新人類，妳有笑話可以講來聽聽嗎？悶死了。」

這一向是我們常有的對話，所以焦頭爛額的我也只隨便地敷衍他：

「老大，我快忙死了啊，請饒過我。」

隨即迅速掛上電話，沒有任何多想。

之後，臨行前的生活只有更忙碌，而給哲生發郵件也不見回信。

甚至直到臨上飛機了，我也才想起來。

清晨五點，我和我的行李一齊被丟在京都車站八条口，巴士緩緩開走。
距離第一班公車行駛，還有一個鐘頭之久。
車站四周空蕩蕩，只有我一個人，一片黑暗，靜悄悄的。
一陣恐懼襲來，我急忙拉著笨重的行李，
躲到地下街去，生怕會被吞沒一般。
然而整個商店街儘管亮晃晃的卻空無一人。
我坐在行李箱上，靜靜等待時光流逝，等待古都醒來。

天終於亮了。搭上第一班公車，窗外，鴨川在陽光下波光粼粼，
兩岸盛開的櫻花，風一吹，粉紅色花瓣漫天飛舞。春城無處不飛花。
鄰座的高中女生喜孜孜地說：「春天來了，好美麗啊！」
臉上滿是青春、希望。

下了車，走過疏水道旁的櫻花樹下，
飄零的花瓣，看個仔細卻像極了昆蟲剝落的翅膀。
櫻花瓣掉在身上，靜悄悄的，感覺有些淒涼。
瞬間突然覺得明白了什麼，
為何許多日本人選擇在滿開的櫻花下結束生命，
是繁華落盡前企圖讓時間停止，因為物換星移令人感傷？
還是因為繁華極盛終究寂寞？

在空蕩的六疊大榻榻米上躺了一天後，
我再次啟動設定好的程式，認真地採買家具、生活用品；
讓自己努力開朗地笑著，勉強參加各種學生聚會。
或許正因為太認真了，幾乎忘了哲生。
但在人多嘴雜的場合裡，依然不知道該說什麼，甚至笑累了便偷偷溜走。

我在人來人往的鬧街上晃蕩，一個人在人流裡不停走著。
終於，想起了哲生。
哲生心底的黑洞是否就是在這樣的眾聲喧嘩下，
一點一滴悄悄擴大的？

過度認真下，疲憊的精神終於也讓我出了差錯。
腳踏車出了車禍，全身烏青痠痛，一連昏睡了好多天，
不停做著亂七八糟的夢，
有人親吻了我的額頭；有人跟我說對不起；
有人則跟我說妳要加油。爸媽、朋友、讓我傷心的人，
台灣東京巴黎柏林紐約，不斷更換的場景，最後回到摔倒的那一幕……
劇烈的疼痛之後是對死亡的恐懼。
不過，我還是醒來了。

遠近烏鴉的叫聲，灑落榻榻米上的陽光，
一切的一切讓我確認自己正在京都。
鴨川旁的櫻花樹已經長出茂密的青葉，
陽光灑落的川面仍舊波光粼粼，非常寧靜，
沒有了輕薄粉紅的櫻花雨，景致反而真實了許多。
我的京都生活，就從這一刻真正開始。

友人離去的悲傷，還是時不時浮上心頭，
那一刻就像突然被小蟲啃咬一般。
不知老友是否已經獲得想要的寧靜了，
但，我的心底有個小小角落，已經懂得了。

All my days alone in Kyoto.

單人華爾滋

那是櫻花即將盛開的三月天，我飛到了京都。尋找落腳處時，認識了土田桑。老先生長得小小圓圓的，熱情開朗，初次見面，對著當時日文懂得比英文多的我撂英文：「You don't have to buy anything……」在日本租屋，通常就只有空屋一間，連燈都得自買自裝，但土田爺爺的出租房間裡各種電器一應俱全：「I am not greedy. I would like to make friends.」我幾乎當下就決定入住土田公寓。除了電器，我還想要一個好房東。聽過太多京都房東如何難搞的故事，直覺眼前的老先生絕不會讓我膽戰心驚，而會是照顧人的朋友。

土田先生果然是體貼的好人。

搬進公寓的第一天晚上，他就拎了瓶礦泉水跑來按電鈴，說是怕我還沒買燒水壺，沒水喝。坐在空蕩蕩的榻榻米上，喝著礦泉水，讓我相信未來的京都歲月將非常幸福。

土田公寓住了十二個單身男女，緊挨著土田先生的三層樓洋房，對面則是一間像大型倉庫般的教室，土田先生晚上在裡頭開班教授英文，學生幾乎清一色是女性。這三棟建築物構成了「土田小社區」。

我的住處其實有不少人進進出出，但我只認識土田先生。土田太太很安靜，看起來應該比土田先生年輕個兩輪吧。每次總看到她套著圍裙、皺著眉頭正在做家事，一直沒機會跟她說上話。何況她晚上好像常常不在，路過他們家，都只見土田先生獨自在看電視或練電子琴。

古都的美麗風情和認識新朋友的興奮，看似填滿了我的新生活，事實上大部分的時間，尤其是朋友返鄉的節日，我都一個人躲在房間裡靜靜度過。或許是看到這種情況，每每在大門口遇到土田桑，他都會笑容滿面地說：「找一天請妳去吃飯啊，留學生嘛，需要照顧。」然而，除了「小心門窗」或是「不要把內衣晾在外面」之類的叮嚀，老先生幾乎沒按過我的門鈴。我們大都在大門口相遇，看他一副精神奕奕，不是穿戴整齊灑了香水準備去學社交舞，就是剛從什麼藝文活動回來：「我去看了一個展，很讚啊，哈哈哈哈……」而無論說什麼，必定以爽朗的笑聲作為結尾。只能說初到古都第一年，土田先生是個可有可無的熟人，點綴我的生活。

又是櫻花盛開前的灰冷天氣。我正和一個身在太平洋對岸的台灣人遠距戀愛。無論日文變得多麼流利，我終究還是喜歡一個人在家上網，用中文談心。晚上上網，早上睡覺。

某個寒冷的早晨，幾乎不曾作用的電鈴聲突然大響。我睡眼惺忪地打開門一看，十分驚訝居然是土田桑，更詫異的是他竟然穿著內衣。只見他一臉蒼白，眉頭皺成一團，彷彿從家裡逃出來的樣子：「對不起，整棟公寓只有妳在家，所以按了妳門鈴。」我問他是不是不舒服？他說可能是春天快到了，花粉症又犯了，又說也可能是昨晚喝了很多酒，總之人很不舒服。「我怕我會死在家裡沒人發現，所以就跑出來了。」

他確實顯得很恐懼，微微在發抖。一向元氣滿滿的土田爺爺變成如此，不能不讓我吃驚。「房東太太又不在家嗎？要不要去看醫生呢？」「太太？我太太早就上天堂了啊。那個女人是來幫我打掃煮飯的，一週只來三四天。最近有事很久沒來了。」我暗地大叫一聲，原來我一直把幫傭當成是土田太太。

原來，這就是總看到老先生晚上一個人在家的原因。

我要帶老先生去看醫生，但他拒絕了，堅持只要散散步就會好起來。

於是，我陪他到附近的琵琶湖疏水道旁散步。冷泉通旁的疏水畔，一排排櫻花含苞待放。老先生在樹下呼吸了新鮮空氣，臉色漸漸紅潤起來，臉上再度堆滿了笑。「其實我兒子就住在附近，比妳大一輪的獨生子。但是他從來不來看我。」第一次在土田先生開朗的笑容裡，看到些許無法形容的暗澹。

四月終於到來，櫻花開滿城，到處塞滿觀光客。熟悉京都之後，我反而又開始

喜歡一個人。那天深夜一點鐘了，我走到屋子後方的疏水道，準備清靜地欣賞夜櫻。

整個古都都睡著了，包括土田社區，推開社區的鐵門，咿呀一聲顯得特別響亮。

走出大門左轉，一到疏水道就看見一個小小的身影，在路燈照耀得清白絢麗的櫻花樹下，正跳著華爾滋。小小的男人擁著不存在的舞伴，一個人在櫻花樹下旋轉、旋轉……那身影很熟悉。走近一看，果然是土田先生。他滿臉通紅，很認真地在練習著華爾滋舞步，粉紅色落英繽紛的在他四周飄飛。

老先生轉身看見我，一邊笑一邊旋轉到我面前：「宋桑，妳還沒睡啊，一點了哪。」他一開口，立刻聞到濃濃的酒味。「對啊，您也沒睡。」

我才說完話，他又轉到另一個方向去了，似乎非常沉醉在和虛擬舞伴的「共舞」，非常沉醉地轉著、轉著……「我不想待在家裡，來跳舞透透氣。」

櫻花幾乎一瞬間全謝光了。我的京都生活正式邁入第二年。

幫傭的女人又出現了。土田先生完全恢復了原先的開朗與元氣，那個蒼白沮喪的土田先生，彷彿和櫻花一起人間蒸發了。老先生一如往常，梳油頭穿西裝出門學跳舞、凶狠地指責傭人、課堂上妙語如珠，和學員們一起大笑。

我的生活變得異常忙碌，遇到土田先生的機會變少了，即使在門口偶遇，也只能匆匆打聲招呼，立即跨上鐵馬繼續東奔西跑。在那櫻花雨中的獨舞之後，就沒能再跟他講上話。

祇園祭隨著夏天到來。同學們跑到我房間換浴衣穿上木屐，大家準備上街去看山鉾（祭神的彩車）。眾人的腳踏車一下子塞滿了土田公寓的停車棚，我穿著浴衣，去按土田先生門鈴，想知會他一聲。

許久不見的老先生探出頭來，臉龐盡是白色鬍碴，眼神恍惚得無法對焦似的，好像聽不懂我在講什麼。就在這尷尬萬分的當下，老先生突然回神：「等一下啊。」轉回屋子裡拿出一台相機，拉著穿著鮮豔浴衣的我們，一張又一張地合照。

始終跟房東處得極不愉快的日本同學伊萬里，見狀直呼不可思議：「妳房東真是開朗有元氣啊，京都怎麼會有這樣好的房東。」

隔天傍晚，土田先生將一疊照片交我分送給大家。從他笑咪咪的嘴角流瀉出來的，除了濃厚京都腔的話語和笑聲，還有濃濃的酒氣。「妳穿浴衣的樣子讓我想起我的女兒，真是個好孩子啊！只是嫁到九州，太遠了。」咦，您不是只有一個關係惡劣的獨生子嗎？但我沒把心裡的這句話問出口。

我就這樣站在房門前，足足聽完土田先生大半輩子的故事：十六歲就被抓去打仗了，戰敗後回到京都，又被送去立命館大學念美國文化、學英文，「好了解敵人文化」。接著是他兒子的故事，四十好幾了，沒結婚，年輕時因為討厭日本、討厭老爸，移民紐西蘭，混不好又回到京都，住在附近卻老死不相往來……最後又講回他自己，說他其實很忙碌，到處教英文、開教學學術會議、學社交舞……那個晚上，我終於意識到，原來我壓根並不認識這位自以為熟識的老人。

一月，下了幾場雪之後，我的遠距戀情越來越炙熱。我決心飛向美洲大陸。當我告訴老房東，過了這個春天就不續約，他只是落寞地看著地面：「又一個合約到期啦？妳也要走了？」

三月底的某個晚上，我正埋首綑綁著一箱箱行李時，門鈴響了。「宋桑！」老先生西裝筆挺的站在門前，身上散發出陣陣古龍水味。「一起去吃好燒吧！」土田先生不知為何突然想起了兩年前的約定。

面對一屋子收拾不完的行李，其實很不想出門，但想起他和兒子「老死不相往來」的故事，我還是和他一起去吃了晚飯。

一進餐廳，老闆馬上拿了好幾瓶啤酒到土田先生面前。老先生放了一瓶到我面前要我喝，接著自己打開一瓶又一瓶，話匣子再也沒合攏。他說昨天一整夜沒睡覺，因為睡不著，就一個人喝了一整夜；說他現在很興奮，因為女兒明天要從九州來照顧他一週；說有人建議他娶來家裡幫傭的那個女人，只是他怎能那樣做呢，年紀實在差太多了。最後，他說他想要去台灣看看：「也許我可以在那裡找到一個太太，啊哈哈哈哈……」

倒是我一直沒打開眼前的那瓶啤酒，自始至終保持沉默地聆聽他說的話，不知如何回應。不過，那些話或許也只是需要傾倒而已，並不需要回應。

土田先生大約喝掉一打以上的啤酒，我吃掉兩份好燒，我說我想要回家。他要我陪他順路去超市買東西，一進店裡，卻馬上直奔酒精區，又拿了半打的Asahi，隨即塞給我一盒冰淇淋：「不要怕，我付錢……」

最後，我和滿臉通紅的土田先生拎著一大袋啤酒走回家。路上一直想跟他說點什麼，卻始終擠不出話來。最後，老先生在自家門口掏出鎖匙開了門，又突然好像跟誰生氣似地，轉身啪地重重關上門。

我捧著那盒冰淇淋走回凌亂的小房間，在冰冷的空氣裡吃得五味雜陳。

翌日，太陽升起，一切又如往常平靜無奇。

我敲了土田先生家的後門，想和他借螺絲起子。畢竟，我也只能找他借。

一個非常年輕有禮的女人開了門，要我進門等一下。

我第一次走進土田家的廚房。滿地垃圾和啤酒罐，一屋子沒歸位的物品。女人一面尷尬地撿起地上的瓶瓶罐罐，一面打開各個業已爆滿的抽屜，幫我尋找螺絲起子。

BEER
BEER
BEER

「不好意思，很久沒人來打掃了。我今天才剛從九州過來。」

「您是土田先生的女兒吧？」

「女兒？不，我是來幫傭的。」

我把所有家當送回台灣後，離開土田公寓，搬進了朋友家，堅持看過櫻花才捨得出發。

但也只需一週，盛開的櫻花就凋謝了。風一吹，滿城櫻花雨。我沒來由地想起那條走了兩年的疏水道，很想最後一次看看那兒的櫻花雨。

來到樹下，遠遠地，那熟悉的小小身影也出現了。

這次他跳的是吉魯巴。他跳得很專心，夕陽下、櫻花雨裡，一路從土田公寓前扭過來，直到看見我。寫滿訝異的臉上卻難掩喜悅：「宋桑，妳還在啊？」我點點頭。他隨即掏出一張名片遞給我：「到了美國，寫卡片給我唷。」說完，頭也不回的往鴨川方向走去，消失在櫻花雨裡。

祇園，一人KTV

我曾穿著黑色的工作圍裙，在京都花街祇園的KTV「Shante」工作了大半年。

在京都的第二年，某個無所事事的炎熱下午，突然接到朋友明生子的電話，問我願不願意去她父親經營的KTV幫忙。

「沒有年輕人願意到我們店裡打工，妳就當幫我父親的忙吧！我們需要看板娘。」明生子遠嫁法國了，還是一心掛念著京都的娘家。

KTV「Shante」的發音是「香提」，位於祇園一帶的鴨川河畔，離歌舞伎南座劇院很近，無論白天或夜晚，都可以從店裡眺望到鴨川兩旁的美麗町屋，一派風情萬種的古老優雅。

「香提」是法文，意思是唱歌，自然是由熟諳法文的明生子命名的。明生子愛唱歌也愛法國，在「香堤」開幕幾年後隻身到法國留學，隨即遇到一樣愛唱歌的法國男孩米歇爾，兩人立刻墜入情網。

對明生子而言，「香堤」代表的不只是父親經營的店而已，還是她人生美好際遇的關鍵詞。

祇園，日本古老的花街，行人、遊客來來往往川流不息，各色人種的觀光客、去南座看歌舞伎的和服貴婦、尋歡而來的上班族和社長老闆……一直從下午到夜晚，始終沒少過。但，就是沒什麼人走進我們的「香堤」KTV。

店裡的窗戶上貼滿手寫的廣告，「啤酒一瓶三百円」、「日間歡唱一小時只要二百五十円」……各種尺寸的色紙，早已褪了色，像是被時光的河流給沖刷過一般。

老闆松本爸爸說，在泡沫經濟的年代，這家KTV生意可是極為興隆，隊伍大排長龍可以蜿蜒幾公尺。如今，他卻是每每閒到坐在櫃台後方，一天看完一本推理小說，還服務不到幾個客人。而我來打工之後，打發時間的方式則變成跟我聊天。熱愛台灣的他，告訴我諸多年輕時造訪台灣的美好往事，或是他出生長大以來的京都逸聞……我們總是快樂地聊個沒完，於是老先生腿上的書，一天裡再也翻不了幾頁。

記得報到上班的那天，松本爸爸跟我說，有了打工的女孩子進駐，「香堤」的氣氛勢必煥然一新！然而，一天一天過去，只有我的日文拜聊天之賜突飛猛進，光顧香堤的客人還是寥寥可數。

古都的人們也愛上KTV唱歌，只是大都喜歡去河原町那些明亮又時髦的大型連鎖店。「香堤」的外觀和位置對日本年輕人來說，實在太老氣了。但在當時我這個年輕的外國人眼中，位處古老花街上的老氣KTV卻極其迷人。

理由應該是香堤的客人。「香堤」的客人群像，儼然是現代古都花街的小縮影。幾天前，穿著華麗和服提著布包的舞妓，才同幾個老士紳上門唱了幾小時演歌，幾天後，卸了妝、素著一張臉的她們，又頂著包包頭，像一般少女來這兒模仿濱崎步；某家料亭的服務員，下班後明明已經喝得爛醉了，回家途中仍一個人搖搖晃晃拐進來，開了包廂裡的電視，不一會兒就握著遙控器累倒在沙發上，一睡兩小時，在香堤唯一唱的一首歌，是醒來後步出店門時清唱的〈昂首向前行〉。

花街裡的人陪花街外的人尋歡作樂，舒心解壓；而他們自己的壓力，則是在我們這家不起眼的老KTV店裡得到宣泄，裝潢是否時髦炫目，一點也不重要。

他們之中，我最在意的，是一位每個週日下午必定準時報到的老爺爺。爺爺打扮得很體面，穿著質料很好的毛衣，渾身上下散發濃濃的古龍水味，一看就知道絕非住在花街或在這裡工作的人。松本爸爸說，已經七十好幾的爺爺，多年來總是一個人在週日午後登門光顧，總是點一樣的食物和飲料，總是一個人熱烈地唱著重複的幾首歌，在包廂裡吃完午餐和晚餐。送餐點進去時，偶爾會瞥見老爺爺正拿著麥克風一邊載歌載舞，或者只是盯著螢幕上的MV不發一語，甚至絲毫沒發現我遞上的毛巾。老爺爺最常播放的是美空雲雀的〈川流不息〉（川の流れのように）伴唱MV。

我常和松本爸爸偷偷討論：「老爺爺為什麼總是一個人上門唱歌？他一個人住嗎？他的朋友呢？」即使滿腹懷疑，即使老爺爺已經光顧「香堤」好幾年，身為含

Shante
KTV

蓄的京都人，松本爸爸始終不曾當面問過這些問題。

某個週日傍晚，老爺爺付完帳離去後，我進到包廂收拾，在毛豆殼和空啤酒罐堆裡，意外地發現幾張京都賽馬券、三百円銅板，和一條夾雜香水跟酒味的手帕。

「應該是一大早先去賭馬，然後就來祇園唱歌的一日行程吧？」松本爸爸說完，把銅板跟手帕收起，註記上「週日午後，一人唱歌的爺爺」，仔細收進收銀台抽屜裡。

隔週的週日，一直到天黑，老爺爺反常地都沒有出現。我們當日的生意也爛到極點——營業額掛零。但我和松本爸爸誰也沒提到慘淡的業績，而是輪流叨念著上了年紀的老爺爺是否安然無恙？該不會是一個人住吧？應該不會成為日本報紙上常見的「獨居老人病倒家中」的新聞主角吧？

就這樣，爺爺的銅板和手帕在抽屜裡躺了好幾週。每當週日下午，只要人影出現在門前，我和松本爸爸就會不約而同地抬頭，看看是不是老爺爺上門了。然而，他們大都只是從歌舞伎南座散場的貴婦士紳，或是行色匆匆的藝妓。這些遠遠走來的身影，確實有少數最後會走進門來，但無一是那個我們等待中的人。

那是寒冷的初春，櫻花苞開始膨脹，預告春天再度降臨古都，某個週日下午，老爺爺終於現身了。我累積了好多的疑問想問他：「您還好嗎？這一兩個月去哪兒了？沒有生病吧？」松本老闆則只是含蓄地笑著說：「好久不見您啦！歡迎光臨！」我也只好陪著一起微笑。顯得憔悴許多的老爺爺對於我們意有所指的問候，同樣微笑不語，熟門熟路地徑自走去搭電梯。

幾天後，白晝氣溫突然直線上升，京都的櫻花一夜之間盛大綻放。春天來了，即便生活裡什麼都沒發生，也讓人覺得像是面臨了重大轉折。

滿城櫻花，春光明媚，我一路賞著花，心情愉悅地進到「香堤」。然而，換上制服與圍裙、打完卡，轉頭卻看到松本爸爸一臉沉重。他告訴大家，決定關掉這家店了：「最近，我感受到了死亡的接近。」松本爸爸在春光爛漫裡，驚覺年逾六十的自己已經老去，生命可能所剩無幾……他不想再被綁在小小的櫃台後面，日復一日等著客人。他說他想要隨心所欲去賞花、運動、玩樂，去法國看寶貝女兒……

面對這樣的別離宣言，究竟應該高興還是感傷？

「香堤」歇業前的最後一個週日，只有我和另外一個工讀生當班，松本爸爸提前請假休息去了。「總是週日午後一個人光顧」的老爺爺一如往常歡唱到天黑，然後走到櫃台準備付錢、回家。我按照松本爸爸的指示，告訴爺爺今天是香堤營業的最後一個週日，下週我們就歇店了，謝謝爺爺多年來的照顧。老爺爺聽了，愣了幾秒，隨後淡淡地說：「這樣啊。那接下來，我就沒有地方去了……」然後微笑著慢慢走出店門。

另一個平淡無奇的春日，一樣沒什麼客人上門的平日，繽紛的古老花街裡，我最喜歡的ＫＴＶ「香堤」，就這樣拉下了鐵門，再不會傳出任何歌聲，安靜地隨著鴨川的流水，消逝在時光裡了。

金子小姐和她沒有燈的房間

每每和金子小姐見面，總是在下雨的夜晚。應該說一到約定見面的日子，京都的天空必定下起雨，滴滴答答，就像濕透了一樣。

金子妙是我離開京都前半年才認識的朋友。嚴格來說，她是我的學生。透過層層介紹，丸太町上的派遣公司找上我教金子小姐中文。從沒學過中文的金子小姐一開始就指定要台灣人教，最好還可以順便教台語。由於當時在派遣公司登記的中文教師並沒有台灣人，他們花了好一番工夫才找到我。

此後，我每週到派遣公司辦公室和金子小姐見面兩小時，教她說中文。

金子小姐的臉蛋很小，總是帶著若有似無的微笑，給人一種「酷」感。

很奇妙地，明明白天還出太陽，一到晚上我倆上完課走出門，外面必定下著雨。

不過，總感覺下雨的氣氛很適合酷酷的金子小姐。就像雪女一旦登場，必定白雪紛飛一樣。

見面的日子老下雨，下課後無法立刻跨上腳踏車直接解散，我們只好一手撐傘一手推車子並肩走著。下了課，沒有課本，我們也沒有話題可以交談了，只有靜靜地在丸太町通上往東一起走一段路，快到二条通後才一人往左一人往右，各自回家。

約莫過了一兩個月，我們又這樣靜靜走在雨中的回家路上。

金子小姐抬起頭突然笑著說：「宋桑你是『雨女』嗎？」「不，我以為妳才是。」我很認真地回答她。「不不不，我可是太陽之女。」金子小姐更認真地回答。

最後我們下了個結論，所以是我們相遇才造成下雨的。只要我們不見面，就會放晴。那天，也因為互猜誰才是雨女，一起往前多走了一小段路，這才赫然發現，兩人的住所其實相距不到五十公尺，居住的兩棟建築物中間只隔了一棟大樓，平常各自從不同方向鑽進鑽出，所以一直沒發現這個驚喜。

接下來幾週，更陸續發現我們在同一家超市買菜、上同一家藥妝店、吃同一家

店的拉麵……其實也沒啥好大驚小怪，本來就是鄰居嘛。然而，之後的我們，還是從未在上述的任何地點相遇。仍舊只在下雨的上課日，在離家一公里遠的教室「一週一會」。

某一回，我終於問了她：「為什麼一定要找台灣人學中文呢？」這問題疑惑我許久。

那段時期，《流星花園》正在日本各地方電視台熱烈放送，許多日本姐姐妹妹愛上了F4，尤其是Jerry Yen言承旭先生更是虜獲眾多日本婦女的心。為了更接近偶像的世界，日本小姐們開始找台灣人學習中文。

我確定金子小姐的動機絕對不是上述的理由，她看起來一點也不像追星族，似乎也不是有喜歡的人住在台灣，想要追隨而去。

「為什麼啊？」金子小姐緩緩重複了我的問句，停了半晌，也像是在問自己。金子小姐平常就是個話很少的人，這個停頓讓我不免擔心，是否問了不該問的問題。

「我想要拋棄所有的一切，一個人到國外清靜一下……然後，有一天，感覺台灣似乎很不錯，生活很容易的樣子。」她臉上掛著一貫若有似無的微笑，眼光望向濕答答的街道遠處。台灣確實是個不錯的地方。但，生活容易嗎？「我是到了京都，才知道原來生活可以這樣寧靜啊！」我在心裡回應著。

「妳去過台灣嗎？」「沒有。就是有次看電視，感覺我和台灣很投緣，當場下定決心有朝一日要去台灣！」金子小姐說，第二天她就打了電話給人力派遣公司，指定要找台灣教師學中文。

「一直處於同一個環境，再美麗的風景也看不出況味，人就麻痺了。」金子小姐如是說。

「是啊是啊，我也是離開了台北，來到另外一個盆地，才明白這個道理。」我對此感同身受，但金子小姐還沒步出自己的國土，卻早了然在心。

金子小姐雖然決定到台灣生活，但並不確定這個願望何時才能實現。首先，她其實對台灣了解得並不多，再則她得先在台灣找到工作。

不過，無論一年或十年才能實現願望，金子小姐顯然已經定好目標，並努力往目標一步步邁進。她只花了兩個月時間，就記熟了教材第一冊上所有的中文生字。

春天來臨時，台北突然發生了一些事情，我不得不跟金子小姐請假一週，飛回台北。再回到京都時，已確定我必須在櫻花落盡時分離開京都，只是不敢說出口。

再相見的那天，依舊又下雨了！金子小姐告訴我，我不在的那一週，京都晚上都沒下雨。說完我們笑得好開心。然後，金子小姐從包包裡拿出一支錄音筆，和網路上印下來的資料。仔細一看，她印出來的是兩首漢詩。金子要我替她朗讀李白的〈將進酒〉和蘇東坡的〈水調歌頭〉，她想錄音回家聽。

「金子桑要背唐詩宋詞了嗎？」我大驚。

「以我的中文程度當然不可能啊。只是感覺意境很美，聽起來像音樂……」她說打算晚上睡覺前拿來聽。

我念著詩，金子小姐目不轉睛地看著我，一邊陶醉地笑著。

「人有悲歡離合，月有陰晴圓缺，此事古難全……」念到這一句，想起即將到來的離別，我不禁感傷起來。

這一刻，我深深相信人和人之間，有時是不需要語言就可以溝通的；甚至懷疑金子小姐已經知道，我就要遠離她和她的台灣夢了。

那天晚上，原本打算告訴她再幾週後，我將離開京都飛去美國，得請她找別人教中文了……然而，直到兩人撐著傘在二条通上道別，分別走向自己的家，我仍舊開不了口。

我不敢面對離別，不敢開口和好不容易認識的朋友道別，不敢揮別我所熱愛的這個城市。

過了幾天，我終於給金子小姐傳了簡訊，告訴她櫻花謝了之後，我就得離開日本了，「對不起，無法再教妳中文了。」我真的感到抱歉。

一直沒有收到回音。

我的心情忐忑不已，直到上課日到來。很稀奇地，這天沒下雨。

坐在派遣公司準備的教室裡，金子小姐依舊面帶微笑。我鬆了口氣。

下課時，金子小姐照例給了我一個信封，裡頭照例裝了我的鐘點費。只是這天她多放了一張卡片，上面寫著：「希望妳到了下一個國度，更加順利。離去前讓我請妳吃晚飯！」

於是，我和金子小姐終於有了第一次約會，也終於明白她為什麼來到京都，以及關於她人生的種種。

金子小姐帶我到二条川端的一家酒吧。一家白天曾路過無數次、卻從來也沒想過要進去的店。

店裡非常暗，連菜單都看不清楚。但當我們倆一踏進店裡，老闆馬上一眼認出金子小姐：「好久不見，消失好久呀！」

金子小姐直接憑記憶就幫我點了一堆菜，甚至背出酒單要我選擇：「以前很常來啊，每天都喝到掛。」為我點了調酒之後，金子小姐卻只要了一杯茶。連吧台的老闆都很驚訝：「金子小姐今天真的不喝嗎？」

金子小姐搖搖頭：「以前喝太多嘍。」

金子小姐說，她有一陣子每天一個人來這家店，喝到離開時都無法行走。幸運的話，可以自己搖搖晃晃走回公寓；有時實在太醉了，就直接倒在鴨川旁的川端通上。她曾因倒在路邊被警察發現，最後通知房東來把她領回去。

「為什麼會喝這麼多呢？」我很難想像穩重的金子小姐會爛醉倒在路旁。「為什麼嗎？」金子小姐想了想：「為什麼呢？……就是想要喝吧，可能是找不到事做吧，哈哈。」金子小姐是愛知縣人，為了加入心儀的劇團來到京都。只是，演出一陣子之後，發現自己其實沒有像其他演員那樣，具備強烈的表現慾。

「站在台上的人，頭頂大抵都散發著一種『看我！請看著我！』的訊息，然而……我並沒有想散發那種訊息的慾望。和其他人的想法也都不一樣。」於是她就退出了劇團，也沒有了朋友，徹底成為一隻孤鳥，繼續留在京都。「可能因為沒事做吧？就喝酒嘍。」金子小姐喝了一口冰水，臉上仍舊一貫溫柔的笑著：「直到有一天，在家中醒來，突然覺得不能再這樣下去……」於是她斷然戒了酒，找到一份食品公司客服中心的工作，每天從京都搭車去大阪上班，坐在電話前，受理各種消費者的抱怨與申訴。由於是排班制，她可以自由安排自己的時間。只不過工作之餘，她也都是自己一個人看書、看碟、聽音樂、練習中文。她說她喜歡這樣的生活：「非常清爽。」

那個晚上，我們還胡亂講了好多話，最後我喝醉了，只記得酒吧的烤牛肉和披薩無敵美味，但金子小姐說她想吃吃台灣料理。還有，金子小姐送了我一本詩集，並當場翻開來念了一首給我聽……

我還記得，我們約好在我離開日本前到她家裡拜訪，讓我為她拍照留念。我想替京都的朋友們拍照，作為自己曾在這裡生活的記錄。

金子小姐的家，也是不開燈。

大白天的，卻伸手不見五指。先天就採光不佳，她還把窗簾都緊緊拉上，正播著 Blur 演唱會 DVD 的大電視，成了整個屋子唯一的光源。

我問她可以開燈嗎。沒有光線根本無法拍照。

「這房間裡沒有燈。」金子小姐微笑著：「可能我就是喜歡黑的地方吧。溶在黑暗中感覺很好。」一陣翻箱倒櫃後，她找出一個黃色燈泡，裝進久未使用的燈座，把電線黏在牆上讓光線灑落在沙發上，然後坐下來，背對著貼滿明信片的一面牆，讓我完成拍攝。

那些明信片全是金子小姐的母親寄來的。金子小姐的母親一直在世界各地旅行，定期寄明信片給住在京都的女兒，報告目前行蹤。金子小姐依靠這些明信片確認兩件事，母親還好好活著，以及大約身處何方。

有些人需要孤單地活著，才能保有心靈的自由。黑暗且孤單的空間，或許正提供了金子小姐自由與安全感吧。

離開京都後，由另外一個台灣留學生繼續教金子小姐中文。後來輾轉聽說，金子小姐因為工作日益忙碌，中文課也停了。我也就此失去和金子小姐的聯繫了。

美洲大陸的新生活，讓我沒有時間回憶在京都的點滴。

隔了幾年，突然收到金子小姐一封以流利中文寫來的郵件。金子小姐已經達成夢想，在台灣展開新生活了。

金子小姐真的達成了夢想。

我利用暫時回到台灣的機會，馬上發 email 約金子小姐在台北見面。

果不其然，見面那天，台北下起綿綿細雨。

我們約在師大路的一家冰店，燈光亮晃晃的，金子小姐臉上看起來有了一些歲月的痕跡，但依舊帶著當年的溫柔笑容。

原來金子小姐有天在網路上，發現台灣某家日語學校正在徵教師，便馬上投了履歷，然後清光了京都的家當，搬來台灣生活。

「金子小姐對台灣生活是否滿意呢？和想像中的一樣嗎？」我好奇地問。

「我覺得太好了啊，台灣很適合我。」金子小姐說，在日本她根本吃不下超商的便當，每吃必定鬧肚子痛，但台灣的超商便當卻很對她的胃口，更重要的是「整個人變得好清爽啊」。

「清爽？」我懷疑是不是自己日語能力降低，聽錯了。世界上居然有人用「清爽」來形容台北？和京都比起來，這個黏膩又混亂的城市，怎麼可能配得上這兩個字？

「很清爽啊。我再也不用擔心走在路上會遇到熟人，更不用思考要不要打招呼。想要怎樣生活就怎樣生活，非常自在。」金子小姐覺得，拋棄了在日本的人際關係、生活習慣和熟悉的一切來到台北，讓她整個人神清氣爽，活得毫無負擔。「而且台北很適合一個人生活啊。」她笑著補充。

我不禁莞爾。有些人終究適合孤單。

從美國回台北定居後，偶爾想起金子小姐就發 email 問候她。只是常常不是許多許多天才收到隻字片語的回覆，就是石沉大海毫無音訊。

但是，我懂。不要有太多聯繫與束縛，正是金子小姐從京都搬到台灣的目的。

唯一一個懸念是：「金子小姐在台北的房間，是否也從不開燈呢？」但整個台北充斥著五顏六色的光線，就算不開燈，房間裡應該還是光亮的吧？

我始終沒有機會問她。

時光靜止的咖啡店

京都有許多二戰後成立的老咖啡店，被稱為喫茶店，六十年來不曾改變面貌，成為觀光雜誌時常介紹的景點。上門光顧的，除了偶爾來喫茶的在地老士紳老淑女，更多的是上門拍照的觀光客。

在京都住下一段時日，上述的老喫茶店也從一開始的新奇迷人，變得刻意無趣。它們總讓我感到不自然，像是刻意把時鐘發條拔了，賣弄自己的歷史風情。

我想尋求一種「本格」真切的歷史感，一種京都舊時光的舒適感，所以總是偏愛「老鋪」（老店）；但老咖啡店也得像老朋友，可以敞開心胸以真面目示人才好。

因為這種追求，我曾跟著同研究室的馬來西亞同學小暉，在天黑之後，像是找尋寶物般來到四条木屋町，為的是一家從來沒人聽過的老喫茶店。

「那家店，和《神隱少女》裡湯婆婆經營的湯屋一樣古怪……而且只開晚上。」

小暉研究的主題是動畫，形容事物總是充滿圖像感。她一說完，我腦袋裡馬上出現一幅氛圍詭異的畫面，「動畫變成真實，豈不恐怖至極？」但我偏偏是恐怖電影愛好者，立刻興奮不已，迫不及待地央求小暉帶我去找老婆婆的咖啡店。

走在木屋町上，迎面而來的招牌，盡是閃著「人妻」、「癡漢」等不堪字眼，我倆一路拒絕風俗店小哥發的奇怪傳單，鑽進一條不起眼的小巷。兩旁頭戴麥克風、染了金髮的小哥們，站在店門口一邊拉客，一邊極為不客氣地上下打量我們這兩個愣頭愣腦的女生。

「就是這裡！」躲過那些讓人不舒服的眼神，終於看見一扇低調的古典木門，坐落在巷子裡。在五顏六色的霓虹燈照射下，看得到玻璃上寫著「喫茶 ラ・クンパルシータ（La Cumparsita）」。對面店家的金髮小哥投來銳利的目光，我們趕緊推開木門走進去……

或許是少有客人上門，迎門櫃台後那位背駝成九十度的老婆婆，居然受到了驚嚇，和我們相看了好幾秒，才勉強張開嘴唇發出蒼老而顫抖的聲音：「歡迎光臨。」這一刻，我真切地感受到，這裡，時光忘記前進了。

環顧四周，沒半個客人。昏黃的燈光裡，流淌著熱情澎湃的探戈音樂，座墊全都鋪上一樣熱情的紅色天鵝絨。巴洛克式的裝潢和擺設顯得年代久遠，連空氣都古老，但卻無一不美，品味極好。

駝背成九十度的老婆婆拿著托盤和 Menu，吃力地移動到我們面前站定，然後突然把背打直，將水杯輕巧地放到我們面前——真的是動畫景象啊！嚇得我瞠目結舌。接著她開始為我們詳細地解說菜單，只是聲音太蒼老太模糊，完全難以聽懂，尤其我們兩個又是聽力不佳的外國人。我們自力救濟打開 Menu 來讀，隨即又大驚——咖啡一杯居然才三百円！在日本簡直是不可思議的價錢，到底多久沒調整了？

一等我們點完咖啡，婆婆隨即消失在櫃台後面。

大約過了一個小時，第一杯咖啡終於上桌。婆婆再次消失。又大約過了半小時，我們再也忍不住了，四處張望起來，看到角落廁所的門敞開著，發現婆婆居然正在裡面清掃……或許感覺到我們的視線，她抬起頭慌張地問：「妳們剛剛點了啥呀？」接著又一個半小時過去，她來倒了水，突然在我身旁坐下來。

由於靠得非常近，即使燈光昏黃，也讓我終於看清楚婆婆的樣貌。她已經好老好老，臉上皺紋滿布，不過卻仔細塗了粉底，描了豔紅的唇膏，兩腮各刷了一抹桃紅；合身的毛衣上鑲著美麗的波浪領口，非常可愛。

她滔滔不絕地講起她的故事來，好久好久以前的往事。說她和母親兩人在戰敗後創建了這家店，店面僥倖逃過戰火的轟擊（咦？不是戰敗後創立的店嗎）；說她熱愛探戈，開這家店就是為了讓大家能聽到美麗的探戈舞曲……話題繞來繞去，前言不著後語，但她的眼神自始至終宛如少女般閃閃發亮，萎縮的身軀還時而隨著空際中的音樂節奏款擺：「探戈是最性感的音樂，讓舞者的指尖都為之顫抖。」

我問婆婆，店名到底是什麼意思？她微微一笑，說：「哎呀，La Cumparsita 是探戈的代名詞啊！」隨即駝著背起身到她的黑膠唱片前，為我們兩個探戈白癡找出作為她店名的那張唱片，放上唱盤。音樂流瀉出來的當下，我才恍然大悟：「啊，

La Cumparsita
喫茶 ラ・クンパルシータ

就是歷久彌新的〈假面遊行〉啊！」婆婆隨著音樂輕輕搖擺，然後又消失了。

直到我們離開，另一杯咖啡還是沒有出現。也許對早已停滯的時間來說，兩個半小時煮一杯咖啡，並不算久吧？

後來，每隔一段時間，我就會帶朋友到「La Cumparsita」。店裡的復古光景連日本人都嘖嘖稱奇，大家都好奇婆婆究竟何許人？何以在這樣的地區，如此這般經營這家店？

我們偶爾還會開玩笑，說婆婆能一個人在那種地方開喫茶店，而且只有晚上營業，搞不好其實是個武功高手：「既然可以突然把背打直、招呼上門的客人，或許也可以突然給上門找碴的小混混一個過肩摔！」

失眠的夜晚，我也會一個人走進「La Cumparsita」，和婆婆說幾句話，或是任由婆婆迷走，自己一個人靜靜坐著，任憑熱情的探戈翻攪得心情澎湃，徹夜未眠。

對我而言，這個停留在過去的咖啡店，宛如一個秘密洞穴、一台神奇的時光機，我則像是半夜掀開床板、走進秘密通道去參加舞會的公主，跳破舞鞋、白晝昏迷一整天也無所謂。不過，更是為了心底深處對時光流逝的焦慮。只要進到「La Cumparsita」，看見婆婆和這家店依然努力活著，彷彿整個世界就可以跟他們一起留住美好的過往時刻，我也永遠不會老去。

郁美的第二個家

「欣穎醬，妳沒有男朋友嗎？」初次見面，郁美就直敞敞地以中文問我。

來到京都的第二個週末下午，經美香介紹，我和郁美在一家名為「sœur」的服飾店見面。

「sœur」是法文「姐妹」的意思，是郁美擔任服裝設計師的姐姐久仁美開的店，除了販售她設計製作的衣服，也為客人量身定製，客源大都是女學生。

郁美則是一個造型師，平時在大阪工作，住在大阪的出租公寓。

這天，為了我們，郁美特地從大阪回到京都。因為聽說我喜歡甜食，就特別從大阪名店帶回漂亮的蛋糕，並選了小野麗莎的CD當背景音樂。因為郁美四處打聽後，得到「台灣人都喜歡小野麗莎」的資訊。郁美學了很久的中文，但身邊從來沒有以中文為母語的朋友，因此，當美香說要介紹「一個台灣來的留學生」讓她認識，郁美極為期待。「脖子伸得好長呢。」郁美笑嘻嘻地說。

一般日本人對「京都女」的刻板印象十分可怕，「傲慢、笑裡藏刀、兩面人……」京都土生土長的郁美，卻完全沒有上述特質。雖也說著溫柔的京腔，但笑聲洪亮，個性坦率而直接，常常才兩句話就咧嘴哈哈大笑。最與眾不同的是，儘管身為造型師，郁美總是脂粉未施，完全以真面目示人。遇見郁美之前，我原以為日本女生連出門倒垃圾都會化妝呢。

初次見面就問人家是否有男友，也未免太像我台灣的歐巴桑同胞吧，惹得我大笑出聲：「沒有，怎麼了嗎？」

「有男友的話，就無法離開台灣獨自來留學了吧？」郁美說完又一陣笑。不過，這句話讓我頓了一下。當時的我確實從來不知道，自己是不是一個會為愛情而改變人生規劃的人。

「我和姐姐……和美香……也沒有男朋友。」郁美打斷我的沉思，用不流利的中文說著。

「所以，我們四個女生才會在週六下午聚在這裡。」我一說完，大家都開心地笑起來。那是櫻花爛漫的四月午後。

之後，郁美成了我京都生活裡最重要的朋友之一，許多只有我一個人可能不會進入的京都世界，都拜她帶領。

夏天來臨前，我和郁美到了一家名為「Second House」的咖啡店。

Second House 是京都市的連鎖咖啡店，專賣義大利麵與蛋糕。郁美喜歡和我約在出町柳附近的那家。郁美說，她高中的青春就是在這兒度過的，「就像我當時的第二個家」。

那家 Second House 和其他位於市中心町屋裡的分店很不一樣，就只是一棟舊大樓一樓的普通咖啡店，裝潢極其簡單無華。但日後對我和郁美而言，卻是充滿回憶的地方。我們在這兒，喝了好多咖啡，交換了好多好多彼此的愛情秘密與重大決定。

第一杯咖啡的那一天，郁美告訴我，因為喜歡的男生要到上海工作了，自己希望可以跟他一同前往一起生活，因此才開始學中文。只是男生這邊顯然並無此意。

郁美指著一處角落的桌椅，十幾歲的她在那裡告白，被婉拒了。「從高中開始，我一直都是戀愛關係裡被拒絕的那一方，哈哈哈。」郁美說。也許就像她不愛化妝一樣，她也不掩飾自己的情感，不喜歡任何造作，即使無法獲得共鳴，但還是想要做自己，忠於自己的想法與生活方式。

上海的男生只把她當朋友，郁美依然努力學著中文。

木桌木椅很舊了，上頭有好多好多刻痕。曾經有過多少人在這裡和朋友高談闊論或交換心事呢？刻畫了多少女孩的青春呢？

街上響起祭囃子（祭典時演奏的音樂）了，京都的夏天由祇園祭揭開序幕。郁美邀我一起去宵山祭，觀賞那些一年一會的美麗山鉾。

祇園祭是人類用來取悅神明，祈求平安無疫的祭典。但對京都的年輕男生而言，祇園祭卻是約會、示愛的機會。據說當男孩對心儀的女孩說：「要不要去看祇園祭

SECOND HOUSE
spaghetti
SECOND HOUSE
cake

呢？」便是對女孩的告白。

「既然我們不會有人來告白，那就由我來約欣穎去祇園祭吧，哈哈哈。」不料郁美帶給我的祇園祭，比男孩的告白還令人難忘。

郁美先帶我到「sœur」換上浴衣，那是妹妹千菜美不再穿的美麗浴衣，紫底白花配上黃色腰帶，以及黃色鞋帶的木屐，非常美麗。久仁美姐姐還找來一支綴有黃色花朵的髮簪，插在我非常稀疏單薄的髮髻上。

那個晚上，我們穿梭在各個古老的山鉾裡，聽著腳下的木屐聲，看著滿街俏麗繽紛的浴衣，以及燈火照耀下搖曳生姿的女孩身影，終於明白為什麼日本人這麼喜歡夏日祭典了。置身其中，彷彿逝去的青春年少又回到身上，又宛如灰姑娘參加舞會一般，教人怎能不嚮往。

不過，到後來我確實也像灰姑娘一樣，光著腳走回家，只是兩隻鞋（木屐）沒有遺落，而是好端端地拎在我手上。木屐太硬了，我的雙腳實在無法撐過一夜。倒是郁美從頭到尾面不改色，讓我不禁感嘆：「我畢竟是外國人。」郁美聽了呵呵地

笑：「我也覺得疼啊，開玩笑。」她說為了這一天，已經在家練習穿木屐多日，連做菜都穿著在廚房走來走去。

郁美就是這樣的一個日本女生，凡事「打點萬端」毫不苟且。她在大阪的家，也是整齊清潔到像裝潢雜誌上的照片一樣，閃閃發光。因此，當她第一次參觀我六疊大的房間時，搖搖頭後就逕自打掃了起來，吸塵、丟垃圾，所有東西收攏整齊，連棉被都摺成豆干狀。「欣穎大而化之的個性，才敢把工作辭掉跑到日本留學啊，哈哈哈。」事後，郁美常常這樣說。

雖然他不愛她，但郁美的中文課從沒間斷，是否該放棄一切前去上海的念頭，其實也一直存在。只是，就像和新朋友見面也得買好對方喜歡的糕點，準備對方喜歡的音樂一樣，凡事小心謹慎的郁美，始終無法準備好「拋下一切」離開家鄉。

夏天走了，郁美的工作生意興隆，異常忙碌，直到秋天也快過完，我們才又湊一起在 Second House 喝第二杯咖啡。

那天，窗外飄著雪，我告訴郁美，我戀愛了，對方在美國，一放寒假，我就要遠渡重洋，去會這個兩年來只見過一面的男生。

郁美抽著煙皺起眉頭，桌上的咖啡都冷了，才說一句：「那樣真的好嗎？」對郁美來說，這恐怕就是一個「大而化之、沒想太多」的冒險決定。

等到我們在 Second House 喝第三杯咖啡，我已經從美國回來了。郁美仍舊在努力學中文，往返於京都與大阪兩地工作。

我告訴郁美，決定一年後的春天離開京都，到美國生活。聽我說完，郁美臉上寫著感傷、喜悅、擔心與牽掛，五味雜陳，但最後仍舊微笑地說：「妳做的決定，我會支持的，希望妳一直很幸福。」

除了咖啡，郁美還幫我點了 Second House 著名的菠菜蛋糕，但我已經不記得滋味了。只記得郁美似乎說了一句：「好羨慕台灣人大而化之的個性啊。」

耶誕節前夕，郁美悄悄去了一趟上海。她說只是一時興起，想給自己的一個生日禮物。

櫻花散盡，春天離去、夏日尚未降臨之際，我又和郁美在Second House喝咖啡，但我們都沒想到這會是最後一杯。

郁美告訴我，去過上海，她突然想清楚了，她決定比我更早離開京都，而且已經訂好機票。

郁美說，上海整個亂糟糟的生活方式，讓她每天充滿挑戰與動力。出門的大包包裡，一定有各種小包將物品分類裝好的她，去了上海後，居然是隨手就把零錢塞在口袋。某一天，不經意地在口袋裡發現了意外的零錢，多了幾塊錢可以買珍珠奶茶喝，「真是太驚喜了。這真是一種神奇的體驗，我感覺自己正在改變。」郁美咧嘴大笑：「為了他，也為自己。一個地方住久了，會失去鬥志，忘了年輕時的勇敢與夢想。」所以她決定在四十歲之前，為自己完成長久以來的夢想。離去前，郁美給了我一個禮物袋，她把千菜美借我的浴衣洗過燙過後，連同木屐打包成禮物送我。

某個週末，郁美突然邀我和美香去她在大阪的公寓。郁美打開衣櫃和儲藏室，把她賴以為生的工具——成堆的衣服、鞋子、食器、帽子、首飾等等，任我們選擇喜歡的帶走。

即使我和美香各挑了一些，似乎還是沒減少的樣子，但沒多久，郁美就得退掉房子了，我們不禁替她擔心。

隔年祇園祭前的好一陣子，我都沒再見到郁美，心想她應該正忙著準備前去上海吧。直到有個悶熱的下午，我的門鈴突然響起，宅急便送來幾大箱快遞。打開一看，竟都是美麗的衣服和鞋子。郁美在卡片上寫著：「欣穎，抱歉，無法處理的衣服請妳幫忙處理，不過都是模特兒的尺寸，妳又矮又胖應該穿不下，就分送給大學裡的朋友吧。」

我不禁大笑，耳邊似乎也響起郁美的爽朗笑聲。顯然她是以這種方式向我道別，真的去上海追求她的青春夢想了。

於是，接下來的一週，發了電子郵件給所有我認識的各國女生，請她們來挑衣服。小小的六疊大房間，陸續擠滿了興奮的女孩們，挑出喜歡的衣服、鞋子又試又穿。那一週，恐怕是我這輩子人緣最好、得到最多擁抱與感謝的時候吧。

待處理完畢，我給郁美發了郵件，謝謝郁美讓許多不認識的女生得到了快樂和美麗。

至於郁美送我的紫色浴衣，則陪我到了美國。而她也徹底揮別了京都，在上海工作、冒險，找尋新戀情。上海成了郁美的第二個家。

Eat、Love、Peace

「一望無際的非洲草原上，小象死了。老鷹在空中盤旋，覬覦小象的屍體。母象站在動也不動的小象身邊，舉起長長的鼻子不停哀嚎。直到夕陽西下，整個草原染成橘黃色，象媽媽的身影被拉得好長好長，都不曾離去哪……」

八十歲的名和奶奶，打開陶鍋蓋子，把她做的蜜漬無花果分到我們的碗裡，一邊分享她的非洲遊記。個子很嬌小的她沉醉在回憶裡，微笑地說：「天下父母心，即使是動物，對孩子的愛都是一樣的吧。」名和奶奶的甜點一向美味，但她可愛的笑容裡有一絲落寞。

名和奶奶即將六十歲的女兒名和大姐，在一旁像嘲笑自己小孩似地，大剌剌地說：「這位老太太每次講到這段都哭呢，今天有妳們陪伴才沒掉眼淚。」名和奶奶聽著嘟起嘴，像小女孩一樣眨眼睛。

在京都的日子裡，大約每個月一兩次，名和大姐會邀請我和另外兩個台灣女生到她長岡京市家中，品嘗她的料理。名和大姐的母親則會從隔壁跑來加入，時而帶來她自己做的甜點或小菜，一群女生吃吃喝喝吱吱喳喳度過愉快的下午。每次聚會幾乎毫無例外地，四點一到，名和大姐家的電話就會響起來，大姐不急著接電話，而是翻白眼、在頭上比兩隻角，誇張的說：「日本武士打電話來叫老太婆回家了。」接起電話，果不其然，晚餐時間快到了，名和爸爸要老婆快回家準備。

只見奶奶馬上起身，拿出美麗的京都包巾把陶鍋包裹好，同時整整和服袖子，走向只有三分鐘腳程的家。兩年下來，造訪過名和大姐家不下五十次，倒是從未見過傳說中這位嚴厲、大男人的日本武士。

我是透過「京都留學生招待家庭組織」配對，認識了名和大姐，接受她家的款待與照顧。不過，與其說是配對，無寧是被大姐相中。大姐說她仔細端詳了所有申請資料上的照片，才選出「三個好孩子」。簡直是一個古代相親的概念。

名和大姐快六十歲了，未婚，單眼皮高鼻子的長相看起來十分嚴肅，很像日劇裡頭那種威嚴的婆婆。第一次見面，我非常緊張，因為曾經聽說馬來西亞同學，分配到錦市場的高級魚貨店家庭，被招待去高級料亭吃飯，日本媽媽除了要求正座跪在榻榻米上，沒說好敬語還會仔細糾正。偏偏名和大姐不笑的時候，儼然就是這種一板一眼的京都女性。

然而，看過她做菜之後，我卻立刻愛上了這位大姐。

因為未婚，名和大姐初見面，就以宣布國家政策似的口吻告訴大家：「不要叫我名和桑，請用台灣語稱呼我『Chi-a』（姐啊）。」身在幾百公里外的異國，聽到這麼台灣鄉土的稱謂，不禁莞爾一笑。接著，姐啊打開音響，點燃嘴上叼著的香煙，隨著熱情奔放的南美音樂一邊搖擺，一邊做起料理。

除了日式的家庭味道，姐啊更擅長各種和洋混搭的創意料理，尤其喜歡用酪梨入菜。日式酪梨天婦羅、墨西哥酪梨鮮蝦沙拉，甚至美式的酪梨壽司，我都是在姐啊家，搭配南美音樂第一次品嘗到的。那些新奇但調和得恰恰好的各種滋味，像是打開心底的某個通道，揚起一陣陣溫暖而喜悅的微風。

拜 Chi-a 所賜，我也開始在自己的小廚房練習做起菜來，來到京都之前，我可是連飯都沒煮過。

我會打電話或在聚餐時，詢問 Chi-a 跟「歐卡桑」（名和老奶奶）各種料理的做法。

「把油醋跟辛香料按照比例仔細調和之後，靈魂是檸檬汁……滴上幾滴，慢慢攪拌……那滋味，哎呀呀……」大姐嘟起嘴唇，雙手在唇前做出飛吻，一邊啾啾作響，為眼前的料理讚嘆不已。

「就算拉肚子，也要吃著美味」、「不管心靈或是身體受傷，只要吃了好吃的，就一定會痊癒」。這是名和流的人生信念。

名和大姐之所以不要我們以姓氏稱呼她，不只因為她終身未婚，其實還有好幾個原因。這也是經過頻繁交往，慢慢拼湊出來她的家族故事後，才恍然大悟。

Chi-a 的工作是西班牙語翻譯，早年曾跟隨黑澤明到西班牙語國家訪問，擔任大導演的隨身口譯員；爾後，也順勢認識了山田洋次導演，為導演工作。後來年紀大了不想再東奔西跑，就到琵琶湖對岸的大津地方法院，為當事人翻譯。這類案件的緣由，大都是南美洲日系後裔回到日本犯案，由於日語不通無法接受審問，所以法院請 Chi-a 到法院協助辦案。

因為語言的親近性，這些無法融入日本社會的日裔南美人，很容易視 Chi-a 為浮木，所以她從不透露自己的姓名，只自稱為 Chi-a：「這是台灣語，因為我家收了很多台灣來的乾女兒跟乾兒子。」受她照顧的台灣學生都被要求以此稱呼她，工作場合也不例外。

「Chi-a 的西班牙語為什麼說得這麼流利呢？」某次跟著去法院看她工作後，我不禁問了這個問題。在異國生活，我了解到語言永遠是最困難的關卡，光靠自習很難精通。「那是因為啊，我親吻過以西班牙文為母語的舌頭啊，哈哈哈。」在河原町的居酒屋裡，大姐喝了清酒，滿臉紅通通，半醉半醒之下，說起話來比平常更直接、犀利。

Chi-a有兩個哥哥，二哥是個船長，二十幾歲剛從學校畢業，一時不知道要做什麼，便跟著上船環遊世界去。到了墨西哥的坎昆市，因為愛上那裡的美麗白沙灘和一個男孩，她留了下來不再上船。整整六年，她每天都穿著泳裝在沙灘上度過，沒讀半個字。「有一天，突然覺得這樣日復一日下去是不行的，我怎麼居然只管吃、戀愛跟活著。」她覺得至少該看本書吧。於是，她拋下不願隨她到日本的墨西哥男孩獨自回國，回到京都，回到父母的身邊。

「就不再戀愛了嗎？」我問。畢竟已經是很久之前的事情了，漫長人生裡，怎麼可能遇不到想要共度一生的人呢？Chi-a當下並沒有回答我，直到一次新年聚餐，端上她和媽媽精心製作的日本年菜……

「妳看，我喜歡做好吃又漂亮的東西餵食大家，對吧？」她接著說，四十幾歲時，她為此結束了人生最後的一場大戀愛。

為了一個瑞典醫生，她拋下一切飛到斯德哥爾摩，為他洗衣、打掃、製作各種好吃的料理。但男友卻覺得這一切是個沉重的負擔，他希望Chi-a出門去工作，成

為一個獨立的女性。「不能為對方做料理、照顧對方，對我來說，就不是愛情了啊。」雖然為愛總是奮不顧身，但大姐愛人的方式其實很傳統。

也許就是這種傳統的日本女性特質，即使快六十歲，仍吸引四十五歲的法官追求，但 Chi-a 拒絕了。

「年齡差太多之外，這把年紀一個人生活也很好啊，何況我還有一個日本武士和一個『老妹妹』得照顧。」Chi-a 說的老妹妹，就是她的母親。

名和奶奶總是笑咪咪的，手藝和女兒一樣好，完全就是享樂人生的快樂銀髮族，經常和丈夫環遊世界，兩老的志願就是「死之前把財產都花光」。據說名和奶奶原本並非這樣爽快，年輕時的她是個凶巴巴、不可違逆的母親，生活與家事規範一板一眼，對自己對小孩都非常嚴厲，Chi-a 就是在母親這種嚴格訓練下，才練就一身好手藝。奶奶老了之後，反而變成一個非常溫柔、即使被女兒吐槽也甘之如飴的老婆婆。

「我的老妹妹，是花了很長的時間，才學會享受人生啊。」吃飽飯，Chi-a 點了

煙，給自己倒了清酒，說起她母親的故事。

Chi-a的兩個哥哥都不喜歡父母親，和他們關係非常疏遠。大哥在九州大學當教授，很少回京都探望雙親；當船長的二哥則四海為家，後來和墨西哥女性結婚、生下孩子，妻女雖回到日本定居，自己仍四處航行。名和奶奶有了孫子非常開心，轉眼變成慈祥的祖母，不料二哥因病過世，嫂嫂終究因為思念家鄉，還是帶著孩子回墨西哥生活了。有好長一陣子，名和奶奶非常傷心，終日以淚洗面。

為了讓孤單的媽媽開心一點，名和大姐於是接待留學生到家裡吃飯。所以，最早來到這個家庭的留學生都稱呼老奶奶「媽媽」，名和小姐自然就是「大姐」了，這個傳統一直沿用下來。

這一刻，我才明白，我們其實是大姐替奶奶找來的「乾女兒」。

「她已經辛苦了一輩子，我叫她當我妹妹好了，可以活得任性一點。」在女兒的提議下，除了丈夫的使喚無法抗拒，名和奶奶開始努力拋棄那些加諸在自己身上的框架，想吃就吃、想玩就玩、想哭就哭、想笑就笑，跟著年輕人嘻嘻哈哈，和老

朋友坐新幹線到東京逛街。而 Chi-a 結束了轟轟烈烈的戀愛回到日本，最終能依靠的也只有父母，三人在京都，一起享受著人生與料理。

在京都的最後一個新年，吃完料理後，大家跪坐在榻榻米上和鏡餅合照。接著，Chi-a 站起來，豪邁地拉開日式衣櫃的所有抽屜：「大家看到喜歡的就帶走吧，尤其那個熱愛和服的欣穎，快選一件留念。」又深又長的抽屜裡，塞了滿滿的高級和服，五顏六色絢爛奪目。那都是「歐卡桑」擁有的和服，生在富裕之家的名和奶奶，從十歲就開始定期訂製新和服。一件件高級品，實在太貴重了，根本沒人敢要。「沒關係啦，老太婆也活不了多久了，又不能帶進墳墓。送給喜歡的人最完美。」Chi-a 百無禁忌地說笑，奶奶也在一旁微笑點頭。

最後，Chi-a 挑了一套以泥染技術製成的大島布和服給我。那是名和奶奶的十二歲生日禮物，造價驚人。

數日後，帶著那套珍貴的和服、名和母女的食譜筆記，以及「歐卡桑」周遊世界的故事，我抵達了美國。在美洲吃到了真正的墨西哥料理和酪梨壽司，很好吃很美味，但總還是懷念名和家的滋味。

過了兩年，收到自京都寄來的包裹。是一套質料極佳的男性和服。Chi-a 信上寫著：「歐多桑（父親）日前和母親到馬達加斯加島旅遊，歸來途中於飛機上心臟停止病逝了。死去的那一刻，飛機正好進入日本海域呢。很酷吧，真不愧是日本武士。父親遺物送給欣穎的另一半，跟妳的和服正好配成雙。要繼續努力吃好料、努力愛。Eat、love and Peace, Chi-a。」

收到禮物的那年暑假，返回台灣前，我特地繞道京都，給從未見過本尊的歐多桑上香。照片裡的歐多桑，看起來非常挺拔、威嚴，和 Chi-a 非常相像。

歐卡桑抱著她的陶鍋儘管在一旁笑著，急於要餵我吃她剛做好的日式燉肉。Chi-a 笑說：「日本武士的魔掌消失了，老太婆的愉快人生正要開始呢。」一如往常，我們又吃吃喝喝嘻嘻哈哈了一下午，老奶奶說她上網訂了好多趟旅行要和女兒一起去，包括四川、歐洲，還有太平洋諸小島（孤陋寡聞的我，一個也沒聽過）……

聚會散場前，奶奶教了我眼前這鍋燉肉的做法，並仔細地寫在紙卡上。
再沒有人催歐卡桑回家了，我們第一次一起度過天黑之後的時光。

咖啡夜店，一個人

求婚的歐吉桑

「我會跟妳求婚。」在這咖啡店裡，永遠坐在角落發呆的歐吉桑突然這樣對我說。為了確認沒聽錯，我驚訝地從早餐抬起頭，和歐吉桑四目相望。

「我真的會向妳求婚。」歐吉桑笑著說。

早上七點半的京都，平凡無奇的早晨。當世界上大部分的人正在趕往職場途中，這家名為「Daiyamondo」（鑽石）的咖啡店裡，卻一大早就坐滿成群悠閒的人，全是不用上班的老先生老太太。

名為鑽石，這家從平安神宮轉個彎就到的咖啡店，可一點都不閃亮。招牌褪色，有了些年代的桌椅和老氣的裝潢，書報架上擺滿八卦雜誌與漫畫，更不像鬧區知名的INODA咖啡，坐滿衣著筆挺的士紳貴婦，坐在這裡的，是裝扮樸素的叔叔阿姨，有的埋頭翻閱著雜誌書報，彷彿可以維持同一姿勢直到世界末日；有人不停在筆記本上塗塗寫寫，把早餐咖啡喝成下午茶；但更多的是，坐著，發呆。就像是上帝不小心給予了太多時間，不知如何使用，只好在這裡消磨。

學校開始放長假，四周朋友突然都消失了。整個京都像是只剩下我一個人。我喜歡在偶然早起的清晨，走進這家咖啡店。目的有二：說日文，以及吃早餐。假期裡的留學生，沒有太多機會說日文或吃早餐。因為不用上課，沒事幹，也遇不上同學朋友，每天的第一餐，幾乎都是剛睡醒的一人早午餐；放假時總是獨自安靜看書寫作業，有機會脫口說日文，也只是為了練習發音，跟著電視複誦日劇台詞而已。

渴望活得像「一般人」，我就「假裝」早起，來到「鑽石」咖啡。

來這裡，一定會有說話的機會——至少可以用日文點餐、和老闆寒暄，更好的話，可以和一旁發呆的歐吉桑與歐巴桑閒聊。不知道為什麼，叔叔阿姨們都會找我聊天，連買菜途中繞進來看婦人雜誌的阿姨，也會給我看她精心收集的各種旅行社

傳單，指出她最嚮往的日本旅遊套裝行程，問我是不是也會想去。

今天，那個和我隔著兩張桌的歐吉桑，原本發著呆，突然問我：「妳是哪裡人？」這倒不奇怪，老人家找人聊天通常都這樣開場。

但是，沒等我回答，他又像早已寫好劇本一般滔滔不絕：「妳是外國人吧……」他說，日本的年輕女生，不會出現在早上的「鑽石」。或許他比我更期待與人對話吧，接下來是他個人的各種訊息：年近六十、單身、不喜歡生活步調極其緩慢的京都……我只有聽的份，毫無置喙餘地，最後只好低頭一邊聽一邊吃，當他的話是背景音樂。

直到他說「要是伯伯我再年輕個三十歲，一定會向妳求婚」，我不得不抬起頭來。

「那我不就比你老了。」索性起身拿起帳單準備付帳去，一邊用中文小聲嘀咕。不料，歐吉桑也站起來！「我請妳。」他拿起錢包，亮出鈔票：「妳看，我有錢的。」

「不用了，您的好意我心領了。」越是客氣的日文，句子越長。說完這句當週最長的日文句子，我走出鑽石，回家倒頭大睡。

宅女的眼淚

研究室裡的其他女生總是討厭Aya。她們說，Aya是宅女。宅女就是女的御宅族，日本人對御宅族的刻板印象就是像電影《電車男》裡的男主角，手機上吊著Keroro青蛙，和人溝通有障礙，沒有現實感。

Aya是有點怪，總在臉頰上塗兩團圓圓的腮紅，戴著粉紅框的眼鏡，神情經常顯得恍惚，同一個研究室快半年，我不太確定她是否認得我。

有一天，路上遠遠看見Aya迎面走來，心裡正想著是否該打招呼，冷不防已被她蹦蹦跳跳跑來一把抓住胳臂：「欣穎『醬』，要不要去喝茶？」不像其他年輕女孩必恭必敬地叫我「宋桑」，Aya像密友一般稱我「醬」。不過，Aya對我的熱情和親暱，後來也成為那些討厭Aya的女生們的話柄，她們說她「不懂人際分寸、失禮」。

我倒不這麼想。日本人考量與人之間的距離，總是太精準且多慮了。Aya 隨性的行為，反而讓人輕鬆。

之後，這位行為動作「脫拍」的奇特女孩，就帶著我造訪京都各地的咖啡店。她不知道怎樣和日本同儕相處，卻深諳各式偏僻安靜的咖啡店，或許就是為了躲避熟人。

首先是京大後方吉田山上的「茂庵」，一棟木造茶屋改裝的咖啡店。那時候的茂庵還沒有登上雜誌，沒有觀光客光顧。我們經過僻靜的山路，來到遺世獨立的木屋前，脫了鞋子走上二樓。整家咖啡店只有我們兩個人，安靜異常。靠窗的座位，看得到吉田山下的景色，總是表情澹然的 Aya 突然微笑了。她說，她非常感動，因為第一次有朋友跟她一起走過森林小徑來到茂庵。

後來，在細見美術館地下室純白的咖啡店，Aya 帶來大她十七歲、在東大念哲學博士的新婚丈夫和我認識。他們是在網路動漫論壇上認識的，很快就結婚了，但丈夫平時住在東京，聚少離多。Aya說：「我好喜歡這裡喲，很空曠，不會遇到熟人，我會和我的Keroro一起喝下午茶。」Aya和老公一起秀出手機上一長串Keroro吊飾，興高采烈地為我講解每隻青蛙的角色特性。一旁原本談論著東洋美術的貴婦們，也興致盎然地看了過來。

冷清的五条通，一家擺滿詩集卻沒有半個客人的咖啡畫廊「Muzica」。Aya提議舉咖啡乾杯互道再見，祝我一路順風。本來笑咪咪的Aya突然眼睛裡充滿淚水：「欣穎醬走了以後，我又只能一個人在咖啡店發呆了……」話才說完，又毫無預警地皺起臉大哭起來。從她的淚水裡，我彷彿看見Aya一個人坐在各個咖啡店裡的孤單身影，不禁也跟著哭了起來。

京都夜未眠

古都裡有著各式奇奇怪怪的咖啡夜店，號稱咖啡店卻開到三更半夜，甚至天亮還在營業。它們各有噱頭，有兼具畫廊功能的、用來眺望京都夜景的、有阿伯樂團駐唱的，還有宛如浪漫K書中心的。

每當睡不著，我會一個人騎腳踏車探索這些徹夜不休的咖啡店，像尋找秘密洞穴一樣。

川端丸太町有個著名的「etw gallery café」，展示各種稀奇古怪的設計之餘，提供咖啡簡餐直到天亮。地下樓是日本著名的dance pub「Metro」，總有非常酷的樂團登台表演，吸引年輕人前往朝聖。青春少男少女跳了一晚上舞，精力仍舊用不完，就會跑到etw gallery café繼續嘻笑談天，直到太陽升起。

我喜歡跑來這裡吃消夜，一邊欣賞奇怪的展覽和青春洋溢的年輕人，感覺失眠也不痛苦了，回到家，還能心滿意足地睡著。

另一個台灣女孩小白和我一樣是夜貓族，偶爾我們相約一起泡咖啡夜店。

小白和我同一年來到京都，我們同一所高中畢業、同一所大學同一科系，但年紀差一大截，身高也差一大截。小白很高，個性穩重，儼然成熟大人，身為學姐的我，反而蹦蹦跳跳像小孩。一起坐在吵鬧的etw gallery café店裡，直覺眼前的小白被擺

錯地方了，她身上的滄桑感，不該出現在這種喧鬧的夜晚。

那年夏末，因為母親病了，小白遲遲不能回古都來。我只能獨自捧著書走進咖啡店，加入K書行列。

某個晚上，她突然出現了。那天，etw gallery café店裡正在展示各種奇形怪狀的T恤，剛從地下室舞池爬上來的年輕人，一如往常喧鬧。明明和他們年紀相仿的小白，卻一臉滄桑。「媽媽的病好了嗎？」我問。小白平靜地喝了口酒，看看半空中垂吊的T恤，笑著說：「媽媽從安寧病房回家了，一切都會沒事的。」

我這才知道，小白兩年前過世的父親死於癌症。然後，母親也生病了。

「不會有事的，上天知道媽媽是我最喜歡的人。」小白又喝了一口酒，微笑地說。

但沒幾天，小白又突然回台灣去了，再次回到京都，她用日文告訴我：「世界上最喜歡的人，終究還是失去了。」略顯疲憊的神情依舊一派寧靜。

比她大了好幾歲的我，可無法這麼寧靜，得拚命壓抑即將奪眶而出的眼淚。

「沒關係喲，這樣台灣就沒有牽掛，可以在日本好好生活了。」居然是喪母的一方在安慰人。

小白的日本男友，年紀大她很多。

接下來的冬天，小白似乎忙於和男友約會，我的失眠夜晚，又只能一個人去咖啡夜店。直到某個夜晚，小白突然約我喝酒。

「我分手了耶。」她像是在說別人的事一樣告訴我，其實日本男友長期劈腿，自己還是不知情的第三者，事跡敗露，男友選擇了日本女友。

店裡那些剛跳完舞，仍舊情緒亢奮的年輕人，突然退得老遠老遠，像是荒謬的電視新聞，變成了背景。

從溫暖的咖啡店走出來，迎面京都寒冬的空氣讓我大大倒抽一口氣。

「沒關係啦，連最喜歡的媽媽都失去了，再不會有更痛的了。」小白的步伐仍舊沉穩，穿過那些通宵玩樂的紅男綠女。

「我徹底變成一個人了。」她說。

那一天，前所未有的，從咖啡夜店回到寢室，我還是無法入睡。

佐藤老師的椅子

「我的興趣是收集椅子，家裡收集了大約三十幾張椅子。」初次和指導教授佐藤老師見面，打完招呼，經過數分鐘沉默，老師緩緩這樣說。

乍聽有些錯愕，我不禁在心中一直重複著這個日文單字：「椅子、椅子，椅子？」不知如何回話。

整個房間再次陷入沉默。

為了和佐藤老師見面，我按照所有前輩的指示，生平第一次穿上套裝，還帶了鳳梨酥當伴手禮，戰戰兢兢前來覲見。對研究生而言，日本大學的指導教授握有生殺大權，不可不謹慎。

佐藤老師專攻電影研究，研究室裡堆滿了成千上萬發黃的書籍、錄影帶、

DVD，從地板到天花板，而且漫無章法，幾乎所有空間都塞滿了，包括我正坐著的沙發，也是他奮力騰出來的一角。

很久之前，有部荷蘭的女性主義電影叫作《安東尼雅之家》。有位生活在書堆裡的老人名為智者，最後因為無法與大量的知識和平共存而上吊自殺。佐藤老師的研究室，一直讓我想到那位智者的藏書閣，像是用書籍堆積起來的沙堡，將人隔絕於世界之外。

佐藤老師收下禮物後，以一種非常木然的眼神看著我，持續不發一語，尷尬了半晌好不容易開口，卻是說起讓人一頭霧水的個人嗜好。

我好不容易才將腦袋切換到社交頻道，回答適當得連自己都驚豔：「老師家裡人口眾多吧？」

「不，我一個人住。」

對話再次窒礙難行。

「那麼，老師是想要將家裡布置成電影院嗎？」

原本面無表情的佐藤老師，厚重鏡片後閃過一道亮光。

「我從未如此想過，妳這樣的說法非常有道理，或許這就是我的潛意識。」佐藤老師露出了微笑。京都的四月微風穿過開敞的窗戶吹進來，老師接著說了句英文：

「I like the breeze。」

我不由得鬆了口氣。初見面看來算是順利……

不料，「想」時遲那時快，只見一隻飛鳥也隨風飛了進來，停在佐藤老師的其中一座資料與書籍小山上。面對這突如其來的不速之客，我一邊尖叫一邊抱頭躲藏。佐藤老師見狀，竟然有違憂鬱的文藝氣息哈哈大笑起來。

「妳該不會是被希區考克的《鳥》嚇過吧，哈哈哈……」

雖然有點怪，至少顯示老師不討厭我吧？如此自忖下，走出老師的研究室，結束了這場充滿「戲劇性」的會面。

研究室的森學姐聽到我的遭遇，連連恭喜我：「看來難搞的老師應該是頗喜歡妳，妳往後兩年有好日子過了。」但韓國學姐卻翻白眼：「妳還是要小心，做電影研究的都是瘋子。」她說，老師曾經心情不佳，上課發脾氣，拿起比磚頭還厚的世界映畫史朝台下的學生砸過去，更可怕的是「他會半夜打電話找人聊天」。這一說，嚇得我目瞪口呆，不敢置信日本教授會做這些事。幸好一向笑容可掬的森學姐馬上安慰我說：「不會的，小金說話都很誇張，我就沒接過電話。」還說，老師暴走是有原因的，因為他太太那段期間突然離家出走了，「只是一時心情不好而已」。

確實，後來的校園生活，佐藤老師看起來都還好，除了有時候因為seminar很無聊，聽學長的研究報告聽到睡著，或是偶爾刻薄地批評學生「沒有重點、沒有研究價值、不適合當學者……」，使得整個教室氣壓陡降之外，毫無其他異樣。

記得那是天氣變涼，楓葉漸紅的季節了……

某天天還沒亮，房間裡的電話突然響起來。我迷迷糊糊爬出溫暖的被窩，接起電話，赫然是佐藤老師！

「我是佐藤。」明明知道我會日文，老師說的卻是英文。「請問老師有什麼急事嗎？」「天快亮了。」「是……」接著，熟悉的沉默又出現了。

看了一下鬧鐘。五點十五分。

「請問老師有什麼事情嗎？」我只好繼續問。

「只是想跟妳說說話。」回答的仍是英文。

我完全愣住了。這是正常人應該有的行為嗎？

「請問您要談什麼呢？」日語裡的敬語確實非常客氣且有距離，正好可以掩飾我的不安。

「只是想關心一下妳的留學生活，沒什麼事。」佐藤老師改以日文說了這些話，然後道了再見，掛上電話。

秋天到了，京都的空氣已經變得冷冽，講完一通莫名其妙的電話，回到被窩，我已經冷到完全清醒、睡不著了。

之後的情況，則恍若那個早晨有人冒充老師打了電話一樣，課堂上的佐藤老師一如往常，罵人、神情漠然，和我沒有太多互動。

不過，這件事情在我心中卻像是一顆種子長成了大樹。終於忍不住和森學姐透露：「小金說得沒錯，老師會在半夜打電話和學生聊天。」這位在老師研究室念博士多年的大學姐，於是打開了話匣子：「因為你們是外國人吧，讓他覺得有距離，可以安心講話。實在是他沒有講話的對象呀。」

據說，佐藤老師原本有一段婚姻，妻子是瑜伽老師，年紀極輕，因為老師不僅脾氣古怪難以相處，又整天埋首於研究，有一天就收拾了行李離家出走，跑到東京去了；不久，便寄來一紙離婚協議書，佐藤老師從此徹底孤獨一人。

遭到拋棄的老師，脾氣越發古怪，努力出版、發表一堆論文，學術成績斐然，但在導生會上，常常一副喝醉酒般，直嚷著：「好想戀愛好想戀愛。」太震驚了，我認識的佐藤老師是不喝酒的。「對，沒喝酒。他就是被寂寞淹沒，昏頭了吧？」學姐說完隨即雙手合十：「但是為了讓我們有好日子過，還是虔誠祈禱，請上天讓老師早日找到新戀情。」

也許神明聽見祈求了，過完寒假回到課堂上，佐藤老師顯得神采奕奕，對待學生也是和顏悅色。研究室不知道從哪兒得知消息：「廣島出身的老師，回家鄉相親了。」有了對象，佐藤老師得以從孤單裡解脫，學生們有好日子過，自然也喜孜孜。

不久，老師真的再婚了，臉上的笑容藏也藏不住。再婚對象確實是同鄉的姑娘，年紀非常輕。「希望這次這位年輕的鄉下女孩，樸實無華，心地善良，不會輕易跑掉。」研究室的學姐們再度合十祈禱。

祇園祭即將來臨，滿城趕著上街看山鉾的人潮。對學生而言，則是暑假到來，暫時不用再面對老師與課業。

悠然走在人潮裡，突然接到一通不具名的來電，在一旁神樂的伴奏中，只聽到似曾相識的聲音——佐藤老師以英文說：「宋桑，可以現在來河原町一趟嗎？」

老師指示我到鬧區裡一家極受年輕人歡迎的ＫＴＶ。一進到包廂，立刻看見和四周顯得格格不入的佐藤老師，微笑裡有幾許尷尬，倒是一旁的年輕女孩，笑容燦爛。

「這是我太太，她很喜歡唱歌，但是在京都沒朋友，妳可以當她朋友嗎？」

於是，在老師認真的命令下，我宛如機器人一樣拿過麥克風，和活潑的年輕師

母開始了雙重唱。佐藤老師則只管繼續動也不動地坐著，微笑看著他的新娘。

剩下來的半個夏天，據說研究室裡舉凡年紀較輕的女生，幾乎都被老師欽點去陪師母唱歌。雖然大家勉強接下老師的差遣前去伴唱，卻是沒有人真的想和師母成為「朋友」。唱完歌，誰也不會再去約師母喝咖啡或吃飯，倘若老師又突如其來電話邀約，也是能躲就躲；新學期開始，眾人更以課業忙碌為由加以婉拒。漸漸地，這個遠從廣島嫁到京都的女孩也淡出了我們的生活。

倒是我，某個夜晚，在鬧區的街上又遇到師母。她一個人，在一家文具店前面，定定看著地球儀，映在玻璃上的年輕臉龐，看起來十分落寞。我忍不住和她打了招呼。她看是熟人，立刻變得很開心，直問我住哪裡生活好不好吃飯了沒。「佐藤老師沒陪妳逛街嗎？」我問。她搖搖頭：「他很忙啊，常常在研究室吃晚飯呢。」閒聊幾句，實在是沒有共同話題了，我尷尬地笑著。怕她開口說要一起吃晚飯，終究還是匆匆道別。就此，沒再看過她。

日後，我腦海裡偶爾會閃過這樣的畫面，當佐藤老師埋首研究室書堆的同時，一個人在家的師母，是否正面對三十幾張椅子，苦惱著不知道要坐哪一張呢？

過了一陣子，佐藤老師又開始脾氣暴躁了，學生之間再度流傳著：「新娘受不了老師，跑回老家了吧？」

想起一個人逛街的年輕師母，我會問的是，她究竟是受不了老師，還是受不了沒有朋友的京都生活呢？當然，沒有人知道。

美香的人生目標

「台灣和中國之間，真的沒有地道連接著彼此嗎？」美香是我到京都後認識的第一個朋友，這是她問我的第一個問題。

一聽到我決定到京都，東京的智子馬上熱心地把美香介紹給我，要我務必打電話找美香當朋友。

「非常非常好的女孩……但應該到死都會留在京都，過著一成不變的日子吧……哈哈哈。」智子說，她和美香是京都美術短期大學的同學，畢業後，雄心勃勃的智子就先到北京留學，隨後到東京發展。美香則一直留在京都。

到京都的第三天，沒有網路沒有手機，除了房東誰也不認識。我離開住處，走了好幾條街才找到公共電話亭，撥了美香的手機號碼和她聯絡，馬上約好隔天晚上一起吃飯。

我們約在某家南洋風咖啡店門口。

初次見面，這位張著大眼睛的女生，非常緊張地抿著嘴，站在她的腳踏車旁，久久沒說話，好不容易擠出一個微笑，領我走進店裡，並推薦招牌南洋咖哩，然後又是尷尬地不知道如何是好。

美香大概只是受人之託，勉強陪留學生吃個飯吧。我不得不這樣想。

店裡四處種滿亞熱帶才有的寬葉植物，空際中放送著慵懶而陽光的沖繩音樂。原本害羞而緊張的美香，吃了一口南洋咖哩，突然放鬆下來，發出媲美周星馳電影《食神》裡的讚美：「啊～太好吃啦～」誇張程度似乎也勝過日本漫畫。

然後，美香又從包包裡拿出一本英日字典擺在桌上：「我們來聊天吧。」「啊？」「我會用很簡單的日文說，但是萬一妳還是聽不懂，不要緊，我們可以停下來，我翻出英文給妳看，這樣妳就懂了。」美香一字一句慢慢對我說。我不禁哈哈大笑：「妳在開玩笑吧？翻字典……」美香也跟著笑起來。

這麼一來，我們之間總算破了冰，開始亂聊一通：「還好妳是一個性格正常開朗、日文也很好的留學生。」擔心日文不好無法溝通還能理解，但為什麼會有「還好正常開朗」這種疑慮呢？「因為京大生都是性格陰暗的書蟲。」美香描述著一般日本人對京大生的刻板印象：「不打扮、穿著宅氣、知識太淵博卻無法與人社交，腰上可能還繫一個霹靂包。」美香講著一邊比畫起來，樣子很滑稽。

實在太擔心受託照顧的台灣女生難以相處了，美香甚至預先聯絡好一直在學中文的朋友郁美，準備隨時把我塞給她，自己好逃之夭夭。

美香喜歡各種東南亞料理，對亞熱帶國家充滿興趣，為了泰國食物，還曾想要去泰國相親。認識了生命中第一個台灣人，就因為聊得很愉快，幾乎當下就決定有朝一日要到台灣品嘗台灣料理。

「還可以順道坐火車去中國一遊。」

「坐火車？哈哈哈……」我以為她是在開玩笑，也跟著笑。

不料，她眼裡透露著認真：「台灣跟中國不是同一個國家嗎？不是應該有海底隧道連接，火車運行其中連接兩處的交通嗎？」

原來不是開玩笑，美香真這樣以為，真不明白海底隧道這概念到底如何跑進她的想像裡。「其實，我也不知道為什麼會一直這麼認為。但是，為什麼不挖一條隧道呢？」美香非常認真地問，但我實在無言。

除了食物之外，對於「東南亞」或「南洋」國家，美香似乎一無所知，但因為她沒有架子，又不像某些京都人充滿「眉角」，不管我們講了什麼蠢話，幾乎都可以「哈哈哈，真有趣」作結，所以相處起來十分愉快。

美香是島根人，到京都念完短大後，就繼續留在京都，過著在藥局打工、閒暇畫畫的生活，轉眼二十年。我問美香，沒想過要去東京或回家嗎？畢竟在京都也是一個人。美香說，家裡哥哥很霸道又獨裁，妹妹則因為心病無法踏出家門，成了宅女，所以她一點兒也不想回家。「還有，我怕麻煩啊……我很容易覺得麻煩。」說著說著，美香臉上真的浮現一抹疲倦。

不過，在初次造訪美香的公寓後，也才約莫明白那抹疲倦的由來。

美香在一幢木造公寓裡住了十幾年，養了一隻波斯貓「小花」作伴。六帖大的榻榻米上堆滿凌亂的生活用品，還黏著貓毛；因為嫌麻煩，很多壞掉沒有修理的電器也堆著。這些也許沒什麼大不了，我在台灣的親友多得是懶得整理居住環境，也多得是一輩子窩在同一處。最不可思議的倒是——美香的公寓竟然沒有浴室。

「我懶得搬家啊，好麻煩，而且得先存錢。」因此，美香只好每天上公共錢湯。但京都冬天嚴寒，下班回到家裡，往往再也不想走出門，這時候，美香就在廚房的流理台接熱水擦澡。

「這樣不是更麻煩嗎？」我笑她。「妳說得好像有道理吼？」美香恍然大悟的語氣與表情，顯得非常可愛。不過，她還是繼續這樣過日子。

有一次，我和美香的共同好友郁美，一起在美香家逗小花。長毛的小花身上結著一坨一坨毛球，郁美抱起小花就一邊梳毛一邊毒舌：「小花啊，你的主人啊，人生就像是壞掉的鐘，齒輪忘記上油，永遠轉動不了了。」

然而，不知道從哪一天開始，齒輪卻不知不覺地轉動了。

在台灣從沒下過廚的我，收到媽媽從台灣寄來的香菇乾，外加越洋電話的指示：「香菇乾泡水發一下，再和雞肉、薑放水裡煮熟，加點鹽巴就可以吃了。像妳這種笨蛋也不會失敗的。」聽起來確實簡單，但對初次做菜的我來說，卻是人生重大時刻。我心血來潮邀請美香一起見證這偉大的一刻。時值夏天，還請美香攜帶盥洗用品，以便入浴後再一起吃晚飯。

台式香菇雞湯很成功，尤其是我還加了麵線，吃起來完全和家鄉味一模一樣。裹著剛洗好的濕髮，美香坐在風扇前喝了一口湯，立即雙眼閃閃發亮，發出一貫的誇張讚美：「嗯～太好吃啦～」美香說這是她從未嘗過的滋味，如果台灣連家常菜都這麼好吃，「那我一定要存錢去台灣玩。」當時，我相信美香的讚美確實是真心的，卻不太相信她存錢造訪台灣的夢想，對一個怕麻煩的人來說，這夢多少有些遙遠。

「美香存到錢的話，應該先搬到有浴室的地方吧。」我反而衷心建議。

「好好吃啊～妳說的也是有道理啦。」美香捧著雞湯，完全沉迷在食物的美味裡，回應得雲淡風輕。

往後的日子，美香偶爾會在下班途中繞來找我。從包包裡拿出她從網路上找來的台灣料理食譜，要我做給她吃。從來沒真的做過什麼菜的我，會讓美香先入浴，再邊看食譜邊胡亂做出她指定的台灣料理。就算完成的味道不如我記憶中的美味，美香仍會面露無比美味的表情，邊發出讚嘆聲地吃個精光。

「可能是因為兩個人一起吃，所以比較好吃吧？」我總是感佩美香對食物的誇張禮讚。「不，南洋食物就是比較好吃，真的。」美香的大眼睛顯露無比的真誠，讓人誤以為自己真的是天才大廚。

某個週末，美香來按我的門鈴。她買了中文學習課本，希望我教她中文，她想在赴台灣旅遊之前，學會簡單的用語，「至少可以在路邊攤點菜，然後問多少錢。」接下來，老是喊「好怕麻煩」的她，居然每週報到，足足上完一個小時的學習，從不間斷。

這一切出乎我的意料之外，之前對她願望的不置可否，也讓我深感愧疚。

漸漸的，美香連居住環境也有了變化，她開始整理小花的毛球、榻榻米上的雜

整頓
整理

物，甚至花錢請清潔隊把壞掉的電器全拉走。學美術出身的她，還用毛筆寫了漂亮的四個大字「整理整頓」，貼在牆上提醒自己。美香很認真地說：「我現在有兩個人生目標：第一個是去台灣吃美食，第二個是搬到有浴室的公寓。」「沒有戀愛這一項嗎？」我好奇地問。「沒有，太麻煩了。」說到戀愛，美香臉上倒是又出現疲憊的陰影。

從東京的智子那裡，我聽過關於美香的往事。在搬到現在的木造公寓前，美香其實曾在東京生活過一段時間。當時的美香為了愛情，從京都搬到東京和男友一起生活，日後卻遭到男友劈腿背叛，傷痕累累地回到京都，住進現在這個沒有浴室的房間。

香菇雞湯初體驗下的許願，經過一年半仍舊沒有實現。我不知道美香究竟存了多少錢，不過中文雖然學得零零落落，倒還興趣滿滿。我們常常相約去喝咖啡、吃泰國菜、逛街、買些無用小物，沒人再提起那兩個願望。離開京都的前夕，美香神情認真地看著我說：「欣穎結婚一定要通知我，我要去台灣。」我聽了只有傻笑，對當時的我來說，結婚和美香的台灣行一樣，都是遙遠而不確定的未來。

萬萬沒想到，離開京都一年之後，我居然真的回台灣辦婚宴了，而美香居然也真的買了機票飛來喝喜酒。我帶她在台北到處亂吃，兩人像是又回到京都生活一般。吃著小籠包，美香非常滿足地說：「我終於完成人生的第一個願望了。」

又過了一年半，在美國收到美香的明信片，她告訴我人生的第二個願望也完成了，「我搬到有浴室的公寓了，在妳以前的住宿附近，面臨美麗的疏水道。欣穎之後來京都玩，我可以收留妳了。」以觀光客身分再次造訪京都，我確實投靠了美香。儘管變老的小花毛髮仍舊打結，但屋裡井井有條，更重要的是，有了浴室——一年四季都可以泡澡的浴室。那張整理整頓的大字報，也貼在新房間的牆上。

「雖然花了好幾年，但我的人生願望全部都達成啦。我要在這個新住處好好整理整頓，和小花一起度過我的下半生。」美香微笑地說。

「吉田寮」學生宿舍

在京都的生活，除了咖啡店與自己的房間外，我最常待的地方，應該是一個叫作「吉田寮」的學生宿舍。

吉田寮位於京大校園旁邊，是一棟有百年歷史、巨大且破舊的木造房舍，在寂靜寒冷的午後，即使陽光白晃晃的，若沒人進出，低矮入口便儼然是深不見底的大黑洞，簡直就像是會鬧鬼的廢墟。

然而，一到晚上，廢墟門口卻出現青年們圍著盆火，熱烈討論憲法、改革，以及哲學等話題，有時，還有人在旁邊拉小提琴聽著討論。

吉田寮是日本最古老的學生自治宿舍，一個月租金包含水電瓦斯只要兩千五百日圓，低到不可思議，由非常嚴明的學生政府組織管理。在學生運動風風火火的年代，據說這兒是左派學生的大本營。正因為外貌以及氣氛太詭異，一般學生也不見得喜歡靠近。

某個夜晚，騎車經過吉田寮，意外地聽見蕭邦的〈冬風〉從幽暗的木窗裡飄出來，激昂的鋼琴聲極為精湛動人。我停下來聽了好一會兒，不知不覺就像被催眠般，把腳踏車停放一旁，繞過那些正在清談的左派青年，走進吉田寮正門，朝琴聲的來源走去。

琴房牆上滿是陳年的抗議傳單與噴漆標語，一個看起來宛如流浪漢的年輕人，披頭散髮，緊閉著眼睛，喝醉了一般搖晃著身體彈奏著鋼琴。場景恍若電影情節，講述著某個不世出的天才鋼琴師，找尋了許久終於找到一座琴供他一展長才。彈完最後一個音符，年輕人闔上琴蓋，傴僂地慢慢踱回長廊上，然後在入口處躺下，打起鼾來。

「這傢伙是個天才啊，沒有一個音是錯的，奇準。」耳邊突然響起中文，嚇了我一跳。轉頭一看，是東北來的同學「鹿王子」，顯然也是一直在一旁欣賞這場鋼

琴演奏，只是我太入迷沒發現。

鹿王子之所以叫作鹿王子，是因為他姓王，名字近似日文「鹿」的發音，加上小個子和稚氣的臉蛋，讓人聯想到小王子，於是被取了「鹿王子」的外號。

「鹿王子」同學在中國是學音樂的，家境優渥的他五歲就開始學琴了，後來還在電視台當上音樂總監坐領高薪。但因為某種原因，他放棄了工作到京都念書，然後又因為某種原因，念完一個學位後，又想待在京大念第二個學位。我不知道那些原因究竟為何，倒是很意外家境良好的鹿王子，居然也住在貧民窟一般的吉田寮裡。

「那天才鋼琴師是誰呢？京大學生嗎？」鹿王子邀請我到他房間參觀，我一邊好奇地問。

「不知道呢，沒見過，可能是臨時借宿的流浪漢吧？這裡太多武林高手啦。」

居於吉田寮學生組織的左派理念，流浪漢只要日付兩百日圓，就可借住，背包客也可以少許費用掛單，所以這裡經常會出現一些學生以外的臨時房客。但姑且不論這些臨時房客，吉田寮正式住民更是臥虎藏龍，不乏各種「神人」，例如老是缺課卻法文流利，或是整本馬克思《資本論》倒背如流的傢伙。

鹿王子的房間裡，有一面牆凹了一個大洞，他用來存放零食。牆上、床上留有歷代房客的各色噴漆，大抵也是抗議標語，或是奇妙的塗鴉。鹿王子覺得這些實在太酷了，住在裡頭讓他感到熱血沸騰。「更重要的是，吉田寮還有『溫馨感』，任何物品不管是電熱水瓶、小瓦斯爐、鍋碗瓢盆……舉凡放置在走廊上的，都可以隨意拿走使用，用完再放回去即可。」王子說，又譬如鄰房韓國來的博士生，小孩智力有些問題，當夫婦兩人為課業忙得不可開交，總可以在寮裡找到人幫忙照顧孩子。「這真是一個資本主義社會裡的人民公社啊。」鹿王子講到興奮處，眼睛閃閃發亮。

「看妳聽鋼琴入迷的樣子，對彈琴很有興趣對吧？既然這裡有免費使用的鋼琴，要不要來學呢？」也許是那曲〈冬風〉引發的靈感，或是因為著迷的樣子太明顯，鹿王子居然洞悉了我未能完竟的兒時夢想。於是，原本不熟識的鹿王子成為我的鋼琴師，開始了一週一次的吉田寮鋼琴課，我也才逐漸了解鹿王子來到京都的緣由。

只是琴藝精湛的演奏，聽起來非常過癮，卻是非常難以達成的境界。

吉田寮窗外一整排黃澄澄的銀杏樹，秋光大好，但我的鋼琴練習始終非常艱辛。也許上了年紀，或是沒有天分吧，我的手指始終無法聽令於大腦。鹿王子笑著說：「要是我小時候這樣彈，手指早被老師的原子筆給打腫了。」他秀出布滿厚繭的手指，訕訕地笑著。鹿王子是獨生子，沒什麼玩伴，整個童年就是在嚴格的音樂教育底下，不停苦練再苦練。不過，也因此讓他得到優渥的工作。「沒什麼關係的，女孩子練琴，重要的是培養氣質。愉快就好。」乍聽之下，以為是老師準備放棄學生了，讓人沮喪。萬萬沒想到鹿王子接著透露了他的愛情觀。

鹿王子說，他在家鄉也教過一個女孩彈琴，她一樣彈得不太好。女孩始終學習態度不認真，但鹿王子很愛她。「沒關係的，彈琴的目的是涵養氣質，只要妳愉快就好。」只是女孩對愛情的態度也不太認真，似乎喜歡周旋在不同男孩之間。女孩來到京都留學，愛情堅定的鹿王子也毅然辭掉擠破頭才到手的工作，相隨而來。不料，某個冬夜，偷偷尾隨女孩出門，竟發現女孩和別的男子走進了賓館，他心都碎

了。那晚，他騎著單車沿著鴨川狂奔，像是企圖甩掉這不堪的情感，一時失速連人帶車摔進了鴨川。「鴨川太淺了，淹不死，哈哈哈。」鹿王子從冰冷的河裡濕淋淋地爬上來，立刻被接獲通報趕來的警車帶回警局，警察誤以為他是企圖自殺，好生開導了一番才放人。

「你當真不是要自殺嗎？」我好奇地問。「不是，因為……」鹿王子嘆了一口氣：「因為我還想見到她。」說完眼神有些悲傷。突然明白為何第一次見面就覺得鹿王子像小王子了，原來鹿王子也有一朵玫瑰花，美麗驕傲又帶刺傷人。

他們終究還是分手了，鹿王子搬離兩人共住的公寓，但還是很想要跟女孩生活在同一個城市，所以從當時的學校畢業，他又申請了京大的碩士班。即便對學術研究沒有多大熱忱，他還是得有留學簽證才能留在日本。然後他搬進了吉田寮，闖入了一個熱鬧非凡的「人民公社」。

「你還見得到她嗎？」不知第幾次的鋼琴課，為我那依舊不長進的手指，無奈的師生只好閒聊起來。「在路上遇見過啊，但是彼此裝作不認識嘍。」鹿王子苦笑著。

「不過，沒關係啊，吉田寮裡什麼東西、什麼人都有，像個大家庭，我很開心的。」

銀杏樹葉子掉光了，蕭瑟的冬天讓人提不起勁，加上琴藝始終沒進展，我們停課的次數越來越多，最後就無疾而終了。

鹿王子也不知道在忙些什麼，偶爾去吉田寮拜訪總是撲空。

這段時間，我熟識了另外一個同樣來自中國東北的女孩李沙。李沙和鹿王子一樣，都在京都某藝術大學取得學位後，繼續申請到京大念書，然後搬進便宜的吉田寮。

李沙到日本很多很多年了，志向是拍攝紀錄片，總是拿著攝影機在吉田寮裡到處拍。以學術研究為主的京大，讓李沙很覺得辛苦，她對理論並沒有半點興趣。李沙很坦白，說她只是為了得到留學生簽證好留在日本。從中國出來之後，她發現世界很大，很多事在自己家鄉看來是真理，一離開才赫然發現一切可能都只是騙人的謊言。這種思想上的衝擊與鬆綁，讓她再也不願意回到那個封閉的環境，即使那才是家鄉。

為了保有這份自由，她一邊打工一邊念書，存來的錢拿去買攝影機、付私立藝術大學的昂貴學費，一個人縮衣節食過生活。所以，吉田寮對她而言簡直是天堂，除了便宜到不可思議的房租，還有各種怪人與她相伴，甚至成為她的創作題材。

住在吉田寮的李沙看起來確實很愉快，每次去找她，總是興奮地拿出在各地取材的作品素材給我看，和我熱烈討論剪輯的方式。直到有一天，意外地看她手上拿著手機，愁眉不展。

「我可能得搬出吉田寮了。」李沙悶悶不樂。原本以為是吉田寮的自治會有了什麼新政策，導致留學生入住方式有所改變。追問之下，李沙才透露隻字片語：「男友發簡訊來，要求我搬去跟他一起住。」

我驚訝到下巴快掉下來。和李沙相處這麼久，只見她整日忙著打工、拍攝、剪接，從未聽說過她有男友！

「人為什麼一定要有戀愛關係呢？」李沙嘆氣。李沙的男友是一名普通的日本上班族，是李沙打工的居酒屋的常客，某次偷偷塞紙條約她出遊，兩人就開始交往，關係維繫了好幾年。李沙說，男友是個好人，但就是「一個極為普通的人，普通到乏味」。其實她已經開始感到厭倦：「真的不想要回電話、不想要回簡訊，也不想要見面了。」李沙和男友最近的一次見面，是和男友以及男友的母親一起去唱KTV。男友是單親家庭的獨生子，偶爾約會時會帶上母親。男友可能也發現李沙的冷淡了，於是提出同居的要求好留住愛情。

李沙說，她並非討厭和男友的母親相處，只是覺得無趣。

「既然如此，那不用擔憂搬離吉田寮的問題啦，沒有要結婚就不一定得住一起。」我天真地認為。李沙沉默片刻，小聲地說了一句：「但，好像也沒有分手的理由。」

不久，因為入學考試（由旁聽生正式進入碩士班的考試）不順利，李沙未能拿到留學簽證，男友為了讓她能繼續留在日本，馬上去辦了結婚登記。李沙也就自然而然搬離了吉田寮，到右京區和丈夫同住。

吉田寮雖然有趣，但畢竟是個破舊髒亂的老宿舍，沒有了熟識的朋友，加上多次探訪已經失去了新鮮感，我終究也成為過客。

春天再次降臨，我在百萬遍（地名，京大東大路與今出川通一帶，因廟「知恩寺念佛百萬遍」而得名）遇到許久不見的鹿王子，他顯得神采奕奕，和春風一樣輕盈。

「我又重新找到愛的真諦了。」鹿王子笑容燦爛。

「看來確實是真愛，恭喜你有了新人生。」我笑著說。

「是，是永恆的真愛。我準備離開京都，到馬來西亞傳教去。」

原來鹿王子指的是對神的真愛。這段時日，他積極投入教會活動，並受到神的感召，讓他產生動力揮別這個一直無法離去的古都。

於是，我的朋友都離開吉田寮了。

錢湯的溫暖

我極度喜愛京都的錢湯。對我來說，錢湯不只水暖而已，還有溫馨的人情味。

錢湯就是公共澡堂，只要付少少的錢，就能在各種溫度的浴池裡泡上大半天。即使家裡有浴室，不少京都人還是喜歡上錢湯，覺得大浴池的熱水就是比家裡的暖熱許多。

當冬天降臨古都盆地，即使在房間裡蓋上被子窩電暖桌下，仍舊冷到發抖。此時，我會抱著換洗衣物和毛巾，一個人穿過靜謐狹窄的巷道，走進錢湯。

我最喜歡的京都錢湯，不是知名的「柳湯」或「船岡溫泉」，而是二条東大路附近的一家不知名的木造屋錢湯。這家寬大而古老的錢湯，滿屋子蒸氣暖洋洋的，浴池又大又舒服，一泡就能驅走可怕的京都寒氣。

錢湯入口坐著一位盲眼的老婆婆負責收錢，婆婆的左右各是男湯與女湯的入口。走進來的客人都是上了年紀的歐吉桑與歐巴桑，大家把入湯料放在婆婆面前，掀開各自的暖簾走進去，開始脫衣。

泡在女湯，可以聽見許許多多歐巴桑一面洗刷身體，一面東家長西家短，似乎把整個町裡的八卦都說光了。剛到京都的時候，京都腔根本一句都聽不懂，或許就是在錢湯觀摩久了，我甚至逐漸開口說起京腔，但僅限於走出錢湯後。作為徹底的局外人，我實在不知道要如何加入歐巴桑們的街坊八卦。

每每有女性朋友在冬天來訪留宿，我一定帶她們來這家錢湯。

第一個帶來的友人，是特地從台灣來找我的珍。

珍有著看似完美的人生，實際上並不快樂。因為她的婚姻好像出了什麼問題。和大學時代就交往的男友結婚多年，一直將穩定的高收入全交給老公打理，理由是珍不會理財，丈夫要為兩人存下買房基金，後半輩子才能幸福生活。幾年前，懷有異國生活夢的她，本想一償出國念書的心願，計劃領出部分交老公投資的錢，不料卻被訓斥太浪費了。就連此番到京都旅行，都說好向我借宿節省開支了，也是一番爭取才得以出門。即便如此，旅途上，珍天天打電話回家，興奮地報告一天的行程見聞，電話那端的丈夫卻沒什麼反應，一味淡淡地說：「妳什麼時候才要回來？」「我只是希望可以有被關愛的感覺啊。」躺在我房間的榻榻米上，我們一整晚都沒睡，因為珍似乎壓抑太久了，一股腦兒傾訴著她無法理解的婚姻狀態與煩憂。

當時的我，根本不知道如何安慰她。

我無心地問了一句：「他不能陪妳一起出來旅行嗎？」

沉默了許久，珍有氣無力地答說：「他不喜歡旅行，也不喜歡花錢……我為什麼會和一個興趣完全不同的人結婚呢？」「為什麼呢？」我其實快睡著了，但還是強打著精神和她說話。「因為，他是我第一個男人吧。當時對我最好的人。」

由於徹夜未眠導致全身痠痛，隔天到了晚上，兩人再也提不起閒聊的勁兒，但長夜漫漫總得打發，於是我決定帶珍去錢湯。

光是木造錢湯的外觀，就讓珍興奮不已，呼著白氣直嚷著：「好酷啊，這是《神隱少女》的場景嗎？比觀光景點還酷啊。」我們一前一後把入浴料放到盲眼婆婆面前的櫃台上，才走進脫衣場（脫光衣服準備入浴的區域），就聽到婆婆蒼老而緩慢的聲音傳來：「第二位少了十円。」我連忙轉身拿出一枚十円日幣放到她面前。婆婆動也沒動，混濁的眼睛更不可能有反應，但一聽到銅板聲響，立即說了句：「謝謝。」珍簡直樂壞了，像小女孩一般驚呼：「好厲害，聽聲辨識金額啊。」

準備脫衣服了，這位年紀已經不輕的小姐卻十分遲疑：「從媽媽過世後，我就沒在任何人面前光著身體洗澡了……」「那妳就當作這裡有好多個媽媽吧？」放眼望去，確實全都是上了年紀、皮膚皺巴巴、胸垂肚突的歐巴桑。珍不禁笑了出來，立刻脫得精光。

原來珍從小就沒了媽媽。我還是第一次聽說。加上大學時父親又過世，很想有依靠的她，一畢業就跟男友結婚，無非是渴望有個自己的家庭。

或許是中文的交談引人注意，我們才坐下來沖澡，一旁正在仔細刷腳指甲的阿姨立刻轉過頭來：「原來妳是外國人啊！難怪常看到妳，年輕女孩很少來這家錢湯

男湯
女湯

啊。」進了浴池，更是被所有裸體阿姨包圍問個不停，不外乎一些生活瑣事，或是個人身家背景。「妳念京大啊？智商很高吧？」「妳的朋友結婚啦？她丟下老公自己來京都玩呀？好厲害！」「妳帶她去哪裡玩啦？」然後七嘴八舌地開始推薦起好吃的好玩的。也許就因為這樣袒裎相見了，或者泡了澡讓大家心都溫暖起來，一等我們兩個泡得紅通通，穿上衣服坐在美髮院才有的老舊全罩式吹風機下吹頭髮，又有一個老媽媽從冰箱拿了兩瓶冰牛奶，笑咪咪走過來請我們喝：「泡完湯，喝冰牛奶，是人生至高享受。Japanese Style。」

走出錢湯，另一位和我們同行的阿姨，甚至帶我們到她家門口：「阿姨住這裡唷，有空來玩，有困難也要來找我。還有，日本還是有壞人的，遇到壞人來這裡找我，阿姨會幫忙的。」老被說是高傲冷酷的京都歐巴桑，泡完錢湯個個親切無比，就連鬱鬱寡歡的珍，此刻也開心地笑了。

那個晚上，珍很快就在被窩裡睡著了，臨睡前，像是夢話像是囈語地說：「我好羨慕妳，生活自由自在，過著被溫暖和關心包圍的生活。」讓我不禁發笑。其實，

在這之前，我從未在錢湯和人交談過，總是默默地走進去，梳洗、吹乾頭髮、喝水，再抱著衣服毛巾默默走出來，回到一個人的家，一個人喝熱茶、看電視。

隔日晚餐時間，我從學校回到家裡和珍會合，準備帶她去錢湯阿姨們推薦的餐廳。不料，穿戴整齊、坐在暖桌裡的珍，卻問我要不要先陪她去某家高級日式旅館參觀。

「參觀？」高級旅館可以隨意參觀嗎？原來珍白天自己一人去嵐山玩，在路上遇到一對美國青年，因為可以用英文溝通，大家聊了聊，成了朋友，還一起搭人力車，三人玩了一整個下午。美國青年住在一家非常高級的日式旅館，據說影星湯姆‧克魯斯也曾經下榻，所以邀請珍前去參觀，然後一同吃晚飯。

我倒是有些猶豫：「該不會是專釣亞洲女生的伎倆吧？」但珍堅信他們是紳士。我查了查旅館的地址，是「柊家旅館」——確實是京都的高級旅館之一。「這麼高級，這輩子恐怕也沒機會踏進去吧？」在好奇心的驅使下，即使忐忑不安，我還是決定陪珍前往一探。

兩名青年確實非常紳士，在我們脫鞋踏上榻榻米之際，還伸手攙扶。

一晚要價十六萬日幣的房間，浴池刻意圍繞著竹子作為裝飾。他們確實只是想把房間秀給我們看，並希望我推薦好玩的地方。「我們想要道地京都人的體驗。」美國人說。「我會推薦去錢湯……但是你們有豪華的浴池了，應該不會想去那種地方吧？」珍接著描述了她在錢湯遇到的阿姨們，美國人聽完顯得躍躍欲試。

後來的幾天，兩個青年似乎常常邀珍一起出遊，因為我得上學，也搞不清楚他們去了哪裡。只知道美國青年後來去了祇園的錢湯體驗，但因為不懂入浴禮儀，被身上有刺青的黑道大哥訓斥了一頓，雖然不到落荒而逃的程度，但兩人事後覺得非常刺激。

回台灣的前一天，珍打電話回家，希望老公能到機場接她，卻得到一個不置可否的答案。

蒸氣奔騰的浴池裡，只有我和珍。時間晚了，錢湯裡很安靜，一兩個阿姨在沖冷水冷卻，看來也準備回家了。「明天妳一回家，我又要開始一個人的京都生活了。」我居然感傷起來。接連的徹夜長談、趕回家陪吃晚飯，生活即使單調，一經打亂也會感到疲憊。我不確定到底喜不喜歡珍這近半個月的陪伴，卻似乎已經習慣有個人等我回家。「天下無不散的筵席啊。」珍落寞地說。

離開錢湯時，前方一位阿姨抱著衣物和盥洗用具，迎向站在男湯暖簾前的男人。

「歐卡桑妳好慢啊，我快冷死了。」

「歐多桑，你怎麼不在裡面等呢？」

「約好的時間到了呀，我怕妳先出來等，會冷啊。」

老夫妻一來一往談著，一前一後走回家去。

珍望著他們的背影，問我他們說了什麼。聽了我的解釋，珍嘆了好長一口氣：「我老公的話，根本不會等我。」從她口中呼出的白煙，似乎久久才散。

珍回去後，回復一個人吃飯、看電視，偶爾上錢湯的日子，冬天也就糊里糊塗過完了。一等天氣漸漸回溫，上錢湯的念頭也淡了。

也許被千年古都這名號所惑吧，加上幾百年歷史的廟宇古剎總是屹立不搖，總以為這城市裡的一切，也會如一個人寧靜的生活一樣，永不改變。不料進入新的一年，周圍的風景悄悄起了變化，彷彿誰拿著橡皮擦正在塗銷某些風景，三条上的小書店不知何時不見了，河原町上的「丸善書店」被連鎖卡拉ＯＫ取代，就連在鬧區聳立了八十年的老戲院「京都寶塚劇場」，居然也宣布歇業等著被拆除的命運。戲院被拆那天，我還特地跑到街上看了一會兒。

也許一切消失得太快了，因為春天降臨而許久沒上錢湯的我，突然心血來潮想去看看那家老錢湯。一到門口，赫然發現門上貼著告示宣布即將歇業。

「這屋子距離上次修理都四十五年了，老了，舊了，不能再用了。」總是濃妝豔抹的老闆娘面無表情地說著：「老奶奶過世了，我也不想再撐下去，屋子拆掉以後，蓋新房子住啊，錢湯賺不了錢。」其實上次過來，櫃台後方就已不是盲眼奶奶了，改由老闆娘坐鎮，記得她當時只說了句「奶奶老了，需要休息」。萬萬沒想到，婆婆走了，錢湯也要拆了。

當時還欠了二十円，老闆娘不僅說沒關係，還拿肥皂借我。我這才想起二十円還沒還呢。

錢湯最後營業日當天，我特地拿二十円來還老闆娘，並請她讓我拍照留念。「妳是觀光客對吧，還是記者？才會想要拍照。」在錢湯工作了一輩子，老闆娘當然不覺得這麼舊的錢湯有啥稀奇吧？客人來來去去，她甚至也不記得我。畢竟，和那些老顧客相比，我算是「資淺」的。

這一天，我第一次大白天進到這家錢湯。目的是拿起相機記錄最後一天營業的老錢湯。幾位狀似老顧客的歐巴桑推開木門，把銅板丟到櫃台後，站上榻榻米，當著我的面就脫起衣服來，毫不忌諱我的相機：「妳是記者嗎？」

「不是。」這幾個阿姨大概都白天光顧吧，難怪從未相遇。

「妳口音不一樣，關東來的啊，關東沒有錢湯嗎？」

我不知道如何回答她們。關東有錢湯吧，京都也還有好多錢湯，但是不知道有沒有這樣老的錢湯。重點是，只有這家錢湯伴我度過了京都的嚴冬，還教會我京腔，以及人情的溫暖。

老闆娘在門口掛上表示營業的暖簾。這應該也是最後一次了。

「我很喜歡這家錢湯。」我想跟老闆娘表達些什麼。

「謝謝。」老闆娘微笑地看著我。

「突然要拆了，覺得很感傷。」

「沒辦法啊，凡事都有賞味期限。」老闆娘最後說了一句「妳加油啊」，便打開門走進去，消失在暖簾後。

後來，珍寫了email給我。她說，回台北半年後，自己突然想通了，毅然決然地決定離婚。當時前夫跪在地上求她，但她還是堅決地要求離婚。離婚後的珍愉快地利用假期四處旅遊，「因為想起妳在京都的自由與快樂，我也要這樣的生活。」現在的她正啟程前往美國，去見在京都認識的兩位美國青年的其中一位。

「凡事終將畫上句點。不管兩人多麼相愛，終將以某種形式離開彼此。不管妳多麼眷戀眼前的美味，也終將腐朽。」珍的信裡是這樣說的。

讀著信，眼前浮現老錢湯裡久久不散的蒸氣，也想起珍在錢湯裡說過的那句話：

「天下無不散的筵席。」

是的，凡事終得有句點，包括感傷。

五条樂園

日文有個詞叫作「穴場」（あなば），意思是極少人知道的秘密景點。一直以為京都如此的超級觀光都市，不可能會有不為人知的景點……直到有一天，發現了「五条樂園」的存在，簡直就像是愛麗絲夢遊時掉入的神秘洞穴，徹底體會到「穴場」一詞的奧妙。

京都有條木屋町通，是一條沿著高瀨川南北延展的小路，據說自古就是舞妓藝妓絡繹不絕的繁華街道；而高瀨川則是五百年前開通的人工運河，聯繫京都與伏見之間的物資運輸。森鷗外的小說《高瀨舟》就是以這條運河為故事的舞台。

在二条木屋町還保有當年開通運河的富商角倉了以的宅邸（現在變成了餐廳），美麗庭園裡看得見高瀨川的源頭，讓人遙想當年風光。除此之外，目前的高瀨川就只是一條淺淺的水流而已，完全難以想像高瀨舟「翩然航行」，和文獻上說的「藝妓與舞妓在夜晚穿梭兩岸」的光景。

至於位在市中心的三条到四条之間的木屋町，每當華燈初上，兩岸各種色情廣告、夜店、卡拉OK、餐廳等，五光十色的看板和霓虹燈亮起來，閃閃爍爍的燈光下，盡是穿著緊身西裝的金髮公關少爺和身材畢露的酒店小姐，而且越夜越美麗，是京都知名的不夜城，日本人稱之為「歡樂街」。

對許多觀光客以及京都住民而言，高瀨川的風景起始於二条，僅止於四条，再往南走去，會是怎樣的畫面？我沒去過，也沒想過。

某天，偶然在生活旅遊雜誌上，發現一家位於五条木屋町的咖啡店，我才興起一探究竟的念頭。

那家名為「efish」的咖啡店位於五条木屋町，看起來非常時尚，據說有一面大落地窗緊臨鴨川。被雜誌上的美麗照片吸引，我首次沿著高瀨川越過五条大橋。

「efish」咖啡店的看板，紅底黑線條的金魚符號確實顯得吸睛，但到了目的地，更吸引我的是對岸一個奇妙的斗大招牌，簡陋單調的白色螢光燈照亮上頭寫著的「五条樂園」，一個在任何雜誌或報紙上未曾看過的地名。只是號稱「樂園」，卻一個人影也沒有，顯得相當冷清。

我完全忘了原本的目的，宛如著了魔法一樣，直往五条樂園走進去。

五条的高瀨川水面漂流著垃圾，兩岸保留的古老建築看起來歲月久遠，規模不下於任何一個觀光區。但不同於那些經完善保存、甚至刻意展現「原貌」的樣板，五条樂園的老建築顯得歷盡滄桑，看得出曾經過一次次改建，隨著時光流轉形成一種拼貼的面貌，像是包紮著層層繃帶的面容蕭條地存在著。

某幢昭和時期的洋房，外牆髒污的黃磚上，鑲著奇妙的彩色玻璃，布滿女性圖案，有穿著和服的、類似唐服的……甚至只穿著胸罩的女體！而那些木造的町屋，雖保留了古老的破唐風木造屋頂，門口卻大剌剌地貼上瓷磚；好幾家門口掛著和花見小路一樣的「茶屋」門牌，以及表示營業中的日式燈籠，但氣氛就是不太一樣，沒有盛裝打扮的美麗藝妓和舞妓出沒，房舍全都又舊又髒，暖簾也卡了污垢。

一直沒看到人影，我偷偷掀開一扇竹簾探頭進去，想確認是不是廢墟。只見陰暗的玄關裡鋪著過時的大紅地毯，罩著塑膠套的日式屏風前，擺了一個大金魚缸，鮮紅亮橘的金魚顯露著俗氣而妖豔的氣氛；整個空間靜悄悄地毫無半點聲息，魚兒們機械地游來游去，彷彿世上唯一的生物。

和京都所有花街一樣，五条樂園也有個大型歌舞練場，供舞妓練習歌舞。然而，偌大堂皇的練習場，從外頭看進去，也是一片沉寂沒有生氣。

沿著高瀨川繼續往南走，路過一間貼著粉紅瓷磚的町屋，有個看似勞動階級的男性才走近到門前，立刻冒出來一位穿和服的老婦人殷勤地招呼入內。婦人抬頭看到我，臉上閃過驚訝與不屑。

往前走過一家「料亭」門口，一個男人剛好掀起暖簾走出來，隱約顯露屋裡濃裝豔抹的女人，正跪在玄關處送客。女人的姿容和她身上的和服一樣，老了、舊了。男人挑釁地打量了我一番，露出黃板牙輕輕笑了一笑，轉身離去。女人起身時不經意地和我眼神交接，眼神裡盡是疲憊。

五条楽園
歌舞練場

我似乎懂了，這裡不會有盛裝打扮、笑容燦爛，招引觀光客手持相機追逐的舞妓，也不會有衣著光鮮、坐黑頭轎車光臨的老先生。這裡和花見小路、宮川町、上七軒那些花街看似很像，實質上完全不一樣。

在樂園裡不知道逛了多久，我感到疲憊不已，沿著高瀨川往北走回 efish 咖啡店。觀光指南上歸類為藝術系的咖啡店，明亮潔白，現代摩登。從五条樂園入口到這裡，也只不過一分鐘，卻彷彿走進了另一個世界。

看著咖啡店落地窗外，陽光照耀下的鴨川波光粼粼，想起五条樂園裡高瀨川上漂過的紙屑，以及那些昏暗光線底下無聲無息游動的紅金魚……突然明白這家店叫作「efish」的原因。

天色漸漸暗了起來，再也看不清鴨川河面。

我想起很小的時候第一次和父母逛龍山寺，回家路上不小心走進華西街。那些欄杆後面穿著暴露的女人，襯著背後昏暗的紅色燈泡，身上肌膚泛著紅色光暈，看得我目不轉睛。媽媽追過來，一把抱起我摀住我眼睛叫我別看，但我還是忍不住透過指縫一看再看。

第二天，在學校的研究室裡，訝異地發現連在京都土生土長的年輕人，都沒人知道五条樂園的存在。自稱住在那附近的傢伙甚至嘲笑我：「我在那一帶活了快三十年都沒聽過，妳是不是做白日夢，掉進兔子洞了？」

到「香堤」值班，忍不住也問了松本爸爸。一輩子生活在京都的松本爸爸一聽，馬上皺起眉頭：「女孩子最好不要一個人去那裡。那可是暴力集團總部的所在地。」

松本爸爸說，那地方在古代是「遊廓」，就是男性尋芳問柳的地方，後來一度成為和上七軒等齊名的花街，「但現在……就是一個提供性服務的風化區。原本在三四条木屋町工作的歡場女子，老了、不好看了，就由五条樂園收容，繼續工作。」

那個眼神疲憊的女性和她的舊和服再度浮現眼前。在樂園裡，任憑時光流走，不會有人記得；但明明存在，為什麼沒人知道？

掉進兔子洞的愛麗絲，恐怕一輩子也忘不了兔子洞裡的奇異光景。

某個夜晚，不顧警告，我又跑去五条樂園。

夜晚的五条樂園，因為亮起燈籠，顯得更加妖媚，那些年老色衰的婦人和三四条木屋町的公主少爺一樣，站在料亭、旅館、茶屋的門口招攬生意，身上失去光澤的和服，顯得就像某些庸俗仿舊電影一般，顯得過時且不堪。

歌舞練場門口放了好幾雙鞋子，窗玻璃上映照著燈光和人影，吸引我好奇地走了進去。但眼前的景象卻十分錯亂，難以理解。布置得古色古香，有著巨大古老屏風的舞台上，不是穿著華麗和服、戴著髮簪步搖的舞妓，也不是頂著黑色假髮的藝妓，而是一群Cosplay的動漫迷，個個染著五顏六色超現實的髮色，熱烈扮演二次元世界成員的男男女女。

我問了其中一個疑似「美少女戰士」的女孩：「這裡不是舞妓練習歌舞的地方嗎？」女孩學著卡通聲調回答：「我不知哪，據說這裡便宜，同好會就租來使用啦～妳沒打扮就跑進來哪？」

這一夜，讓我更加迷戀五条樂園。當時網路上關於五条樂園的記載實在太少，始終搜尋不到什麼資料，我比做學問還認真地勤上圖書館，想充分理解這個區域究

五条楽園

竟如何形成今天的模樣。

如同松本爸爸所說的，五条樂園自一七〇六年就開發成「遊廓」，亦即尋芳地，到了大正時代，已是京都最大的娼妓街。不過，戰後的昭和時期，因為日本實施賣春防止法，這個區域的人們曾力圖上進，努力讓自己從娼妓街轉型為藝妓街。老闆們讓姑娘研習舞、花、茶三道，還出錢合蓋了歌舞練場，讓她們練習，同時也給這裡冠上五条樂園的名稱。

不過，儘管五条樂園一心從良，來此的男人可不買帳，完全不睬藝妓的歌舞。據說當她們表演時，根本沒人在看，大家只管喧嘩吵鬧大口喝酒。店家們口頭上堅持拒絕買春客上門，只是，「『戀愛』是自由的，藝妓和客人之間有了戀愛關係，從茶屋轉移到旅館，產生了『愛』，誰也干涉不了」，一本叫作《五条樂園的自由戀愛》書上這樣記載。

正因為「戀愛自由」這樣冠冕堂皇的藉口，即使努力研修了歌藝和舞藝，甚至學習了茶道和花道，五条樂園終究還是無法翻身，轉而以微妙的形式繼續原來的生意。所以，五条樂園的從業女性其實是類似藝妓的產物，也是她們必須身穿和服的由來。只是，穿上廉價和服，反而讓她們更顯得和時代格格不入。

我偷偷研究五条樂園的行徑顯然被發現了。有一天，研究室裡專修法文的書蟲小弟把我叫出去，悄聲地說：「據說很多京大年輕男生的童貞，都是在五条樂園喪失的……」太驚爆了！我簡直說不出話來，更不敢相信我居然從一向嚴肅的書蟲口中得知此事。

「你怎麼知道？」我不能不問，因為這實在太像按照刻板印象推論出來的揣測，京大生呆板、戀愛經驗少，所以…… you know。

「我聽說的……因為那裡便宜啊……男生之間會口耳相傳。」這位比我小了五歲的博士生仍然一派正經地說。

「那你……」不料，話還沒說完就被堵住。

「我不可能啊，我追求真正的戀愛。」博士生語畢，不忘點個頭以示堅決。

戀愛？我不禁笑了出來。

後來，在京都的日子，我還是常常沿著高瀨川往南走去五条樂園，看看那些寂寞蕭條的古老建築，揣想那些我無法在書上找到的往日時光。有一次，遇見一位穿著和服的女性從茶屋走出來，朝歌舞練場走去。畢竟表面上是藝妓，還是得練習練習歌舞吧？但穿著和服的她，腳下卻踩著一雙露指高跟鞋。

數年後，再度回到京都，我已經是一名觀光客。

憑著記憶再度來到五条木屋町，efish 咖啡店紅色看板上的黑魚標誌依舊，只是髒了些，另一端的五条樂園招牌卻不見了！更更驚訝的是，入口處的老建築也被拆除改成了停車場，樂園裡高瀨川旁原本的茶屋和旅館，一一垂下了竹簾、撤了燈籠，顯示出歇業狀態。我最初看見鮮豔金魚的那家茶屋，外牆居然全貼上了新瓷磚，木製黑字的看板換成了粉紅色壓克力，顯得更加不倫不類。巨大的古老町屋旅館「三友樓」和歌舞場都還在，但也緊閉門窗，卸下了燈籠。

回到 efish，聽咖啡店店員說，不久之前，有人檢舉五条樂園的茶屋料亭掛羊頭賣狗肉非法賣春，幾家店老闆被抓走，五条樂園看板遭卸除，其他店家也被迫一併

Café and Products
efish

停止營業。

「反正本來生意就不好吧？也許都會變成咖啡店，我們的競爭者會變多了。」店員笑著說。

咖啡店外的五条高瀨川，依舊潺潺流著。但「五条樂園」這名字，徹底消失了。充滿歷史感的古老建築還在，就是不知道能保存多久。畢竟，這裡一直不被認可，不會被介紹給大眾；曾經存在，卻不被知道。

但，也因此「五条樂園」成了只屬於我個人的穴場。

和服控的和尚

「世界上的動植物對我而言，只分兩種：可以吃跟不可以吃的。」纖細瘦小的寺內君，一小口一小口吃著蛋糕，一本正經地拒絕好朋友伊萬里的賞花邀約。對他來說，「花不能吃，沒啥好看的」，所以他也從不去動物園或水族館，那些動物映入眼簾，只會引發他思考「該如何烹煮」之類的問題。

我的朋友伊萬里，常找來寺內君和我們一起吃飯好分攤帳單。也因為這傢伙對吃有著無比的熱忱，約吃飯相當容易。除此之外，伊萬里常嚷著受不了寺內君，老說他是個大笨蛋，智商很低，尤其是當這傢伙出現上述言論時。「作為朋友的功能，他大概就只有充當帳單分母一項而已。」面對伊萬里的嘲諷，寺內常常也只是傻笑。

寺內君小我快一輪，加上出言老是很沒常識，我們除了一起吃喝之外，的確毫無交集。莫名熟識起來，是因為無意間發現我們擁有另外一個共同嗜好。

記得初到京都，在新住處東大路上的妙傳寺前下車，對寺廟宏偉的屋簷，以及巨大的日蓮上人像，印象頗深，但往後時日一久，卻從未想過走進去看看。京都寺廟太多了，可能因為它不是雜誌上所謂的名物，也可能因為不收門票，感覺不值一探。

某天，回家途中恰巧看見寺內君的背影。這傢伙看來正打算走進妙傳寺。「寺內君，你幹嘛？」我大喊一聲，寺內君轉頭露出燦爛的笑容說：「這裡面有超美的好東西唷。」

我跟著神秘兮兮的寺內君，終於踏進這座老是過門不入的寺廟。一進門，只見極為寬廣的和室，幾十疊榻榻米上擺滿美麗的和服以及腰帶，四周整齊排列著一面面穿衣立鏡。

「這裡是一個和服教室唷，美吧？」除了食物，我第一次看見寺內君眼神裡有光。一名穿著和服的女性走進來，後頭跟著許多穿著便服的年輕女性，顯然是來上課學穿和服的。寺內君，連同我，被眾女性的眼光給「請」了出去，紙門立即在我們背後刷地關上。

「你來這裡看人家穿和服？不會吧？」寺內君確實不是個正常的傢伙，但該不會真的如此打算吧。「我是啊，所以才來這裡打工。」「啊？」我不敢相信自己的耳朵。

「我先去工作，等等再來欣賞著裝完成的和服美人。」寺內說完，走進寺院正廳，穿起袈裟戴上佛珠。「你不是來打掃庭院？」所謂打工，不是應該諸如此類嗎？「不是。人手不足，我來幫忙做法事念經的。不過觀賞美麗的和服女性，確實也是一大動機。」直到那天，才知道老是呆呆笨笨、舉止古怪的寺內，其實是大阪某家寺廟的繼承人。生為寺廟之家的長男，寺內君高中就被送到京都念書，接著進入佛教大學繼續深造，被安排好畢業後回大阪繼承衣缽。然而，寺內大學沒畢業就逃學了，甚至和家人切斷聯繫，在京都四處打工自食其力。寺內君說，他生下來就注定得當和尚，又在廟裡長大，但實在不想後半輩子也守在廟裡。「既然都逃了，幹嘛不逃遠一點，為什麼還要留在到處都是廟宇的京都呢？」我實在不懂。

「為什麼呢？」這傢伙傻愣愣地搔著頭，恍若從未思考這問題：「可能因為京都很多好吃的……也可能是因為打工容易，啊，也可能是有很多穿著和服的美女在街上走吧。」

這次偶遇，倒是讓我也報名了妙傳寺的和服教室。我一直想要學穿和服，甚至連草履都買好了（搭配和服的高級夾腳鞋），只是苦無機會。

「學穿和服需要寬廣的和室，腳上潔白的足袋才能在榻榻米上行走得沙沙作響；毫無剪裁的和服，也才能像蝴蝶般攤開來，從臀部順勢攀緣上身。電影《藝伎回憶錄》裡，和服掛在架上，兩隻手伸進去的那種穿法，是會把和服給穿垮的。」寺內君說得頭頭是道，強力推薦學穿和服一定要到妙傳寺，「市中心那些小空間教室都不行的。」

這些形容雖然難以體會，但很有畫面感，立即打動了我。日後，在廟裡上了課也終於心領神會，穿著足袋在榻榻米上發出沙沙聲行走，確實有種奇妙的美感。

穿上妙傳寺提供的和服和自己的草履，我和其他同學在寺裡的庭院拍照。寺內

君居然及時冒出來，熱心地替我們拍照，但用的卻是畫素很低的手機。「我一直想要拍啊，託妳的福，終於可以光明正大地拍了。」這傢伙一邊拍，一邊碎碎念，若不是他長得年輕秀氣，實在像極了癡漢一枚。

穿上和服，因為背後墊了小枕頭、繫著硬邦邦的腰帶，腰桿自然直挺挺的，腳步不知不覺輕盈起來；水袖飄飄，美麗的紋彩映得院子裡的花草分外美麗。日本女孩何以那樣迷戀和服、成年禮不惜花大錢添購振袖，就因為這種飄飄然的美感，絕非穿洋服可以相比。

寺內君說，原本只有出生於京都的京女才有資格當舞妓，但願意從事的京女越來越少，據說上七軒的茶屋都還曾上網徵求。一個遠在北京的中國小女孩寫信給茶屋的歐卡桑，說她願意前往京都學藝當舞妓，就只為了可以終日穿著華麗的「著物」（和服），在古都美麗地生活、美麗地老去。

不知道這故事是真是假，抑或只是寺內君的道聽塗說。但我能理解那種想為美麗衣裳而活的心境。有了和服初體驗的我，就幾乎每天往外跑，穿梭在二手和服店，尋找美麗、便宜的和服，尤其每個月二十五日的北野天滿宮天神市集，絕不錯過。

寺內君對和服的著迷，還讓他對舞妓公開出席的大小活動瞭若指掌，一有機會必定前往，還不忘發簡訊邀我，只因我們都是「和服控」。我和寺內君不但去了高瀨川「一之船入」（高瀨川起點，現在放了小船，備有月桂冠酒樽，以紀念運河曾經的歷史）觀賞小船上的舞妓，也在吉田神社的節分祭，拿傘承接藝妓和舞妓撒下來的麻糬。雖然無法靠近那些身穿和服塗著白粉的女孩，只能遠遠拍照，寺內君卻總是像「早安少女組」的歌迷一樣，因為親眼目睹偶像而興奮異常。

二月初，寺內君邀我參加二月十五號的梅花祭。「梅花正盛開，記得帶您的專業相機來拍照喲。」（北野天滿宮祭祀日本學問之神菅原道真，庭園植滿他最愛的梅花。二月二十五日是菅原公的忌日，適逢梅花盛開，因此當天會盛大舉辦梅花祭。）真是太稀奇了！一向主張「花又不能吃」的傢伙，居然會參加這種祭典——純粹賞花。

抵達現場，我才恍然大悟寺內君的意圖。他根本是醉翁之意不在酒，真正的目的在於名為「北野大茶湯」的茶會。上七軒的藝妓與舞妓們，這一天會在女將（老闆娘）的帶領下，為事先買好茶湯券的賓客泡製抹茶。寺內君當然不會放過和她們近距離接觸的機會。他早就搶購了連我的分在內的茶湯券。只是他沒相機，因此以賞花之名要我扛出專業攝影設備，替他拍下舞妓盛裝的倩影。

只見寺內君跪坐在等候區紅毯上，視線跟著來來往往的舞妓咕溜溜轉，甚至雙手合十祈禱，希望最後來服務他的是穿著華麗、滿頭裝飾的年輕舞妓，不要是戴假髮的藝妓。他指著一位穿著藍黃和服的可愛舞妓，要我拿出大砲長鏡頭多拍一些她的照片。「如果可以喝到她端上來的抹茶，我就死而無憾了。」寺內君說著，一手撫著胸口。

輪到我和寺內跪坐到茶席接受款待時，奇蹟真的發生了。寺內君最愛的那位舞妓，果真移動到他面前。她放下茶點，端上茶碗後，在寺內君面前十指扣地、磕頭行禮，然後對著寺內微笑。寺內君完全石化了，張嘴傻笑看著這一切，彷彿只要有人伸手一戳，整個人便當下粉碎。

寺內最後到底如何喝完那碗茶的，忙著完成拍照任務的我完全不記得。等我回

過神來，只發現他握著剛剛舞妓發下來的和菓子，呆呆地尾隨我走進梅苑。

寒冷的空際中，梅花花苞綴滿枝頭，宛如點點繁星，散發著甜蜜的香氣。「好香啊！」初次親眼看見梅花，我興奮地一直按快門。「她真的好香啊！」寺內君吸了口氣，恍恍惚惚地回應。他指的應該是剛剛跪在他面前的舞妓。然後，他把和菓子仔細地包好，放進上衣內袋，直說永遠捨不得吃，接著靠在一株梅花前，要我替他拍照：「這真是值得紀念的一天，要拍張紀念照。」我問他，為何如此迷戀穿和服的女性。他想了想，一派正經地說：「其實，應該是為了舞妓吧。打從來京都的第一天，我就迷上了。她們長長的腰帶拖曳在地板上，後頸未塗白粉的肌膚多麼可愛，頭上的步搖一晃，我的心就跟著悸動不已。」寺內君一邊說著，又一隻手摀著胸口。

寺內仔細檢查過我拍的舞妓照片後，以陪我去逛二手和服攤子作為謝禮。在某家攤子，始終無法決定到底選哪條腰帶時，中年老闆打量我們，好奇地問了寺內君：「小哥，你姐姐嗎？」「不是耶，外國人。和梅苑裡的梅花同鄉。」寺內還不忘轉頭跟我解釋，那些梅花是很久之前從中國渡海而來，最後種植在北野天滿宮。

「哎呀，那小姐您今日賞了梅花，應該一解鄉愁了吧。就像日本人在海外看到櫻花一樣。」老闆笑著問我。

「我……我是台灣來的。在此之前，沒看過梅花。」寺內君始終搞不清楚，我來自一個從不下雪的島嶼。

老闆聽了，一臉抱歉，轉身拿出一個黑色大袋子塞到我手裡：「真失禮呀，小姐。這樣吧，反正天快黑了，裝到這袋子裡的，全都讓妳帶回家，只要兩千日幣。喜歡和服的外國小姐，畢竟難得呀。」寺內君一聽，馬上瘋狂地把他認為好看的和服、腰帶、外衣都塞進去，最後替我付了兩千日幣。

那一大袋和服非常非常沉重。我們合力把它抬起來，塞進腳踏車籃子裡，用繩子綑綁，一路推著走回東山二条。那一晚，走了將近兩小時才到家。一路上，寺內君跟我說了好多話，說他咬牙也要留在京都，因為這是個很適合一個人生活的都市。我堅持付那一袋和服的錢，畢竟打工過活非常辛苦，何況他還替我買了三千日幣的茶湯券。不過寺內君不肯收，說他知道自己是個笨蛋，懂的事情很少，常常說話惹惱別人，很高興有我這個朋友，我是少數懂得他的人。我不禁感到一陣愧疚，我真的了解他嗎？

第二天，寺內君拿了隨身碟到我家，把舞妓們的照片都拷了回去，他說要拿去做成卡片以及電話卡，隨身攜帶。

「完成後，我會拿來給宋桑看。」但寺內君此後卻沒了消息。

問了伊萬里，伊萬里嘆口氣，說：「那笨蛋跑去當人力車車夫，結果被大阪的親戚看見。前陣子爸媽過來抓回大阪繼承家裡的寺廟了啦。」

可能連手機也被停用了，我們沒有人能再聯繫上寺內君。那一大袋寺內君花兩千日幣買給我的和服，則花了一萬塊台幣的運費，跟著我一起回到了台灣。

古都戀愛神社

戀愛占卜石

地主神社有一對戀愛占卜石，據說若能閉著眼睛從這一顆成功走到另一顆，戀愛的願望就會順利達成。

「去京都前，我要讓自己先定下來。」有著貓咪般大眼睛的美惠，漾起臉頰上深深的酒窩，秀出手上的訂婚戒說。然而，我們才第一次見面，場合又是赴日留學的說明會。

想來活潑外向的美惠，怕自己到京都後過度寂寞，會隨隨便便交上日本男友，所以準備留學之餘，也忙著和台灣男友訂婚，以至於焦頭爛額。不過，也許她說得沒錯，因為她確實長得人見人愛。

到了京都之後，很少看見美惠。每當一放假，她就馬上飛回台灣，說是得緊接著籌備婚禮。直到過了大半年，因為土田房東的親切，美惠也搬進了土田公寓，住在我樓上。

一年中幾乎大半年都待在台灣，所以美惠沒有添購什麼家具，甚至連電話都沒裝。但上網和家人聊天確實不可少，於是她買來一條超長的網路纜線，從她房間窗戶垂下來，伸進我房間，接上我的數據機。從此，不管天氣多冷，我的窗戶總是留一個小縫，不得緊閉。

事實上即使住上下樓，我仍舊很少看見她，也搞不清楚她人在何方。某個週末下午，意外地她來敲門。

「呀，妳幾時回來的？」不記得聽到樓上有動靜，也沒看過房間亮燈，這傢伙感覺像突然冒出來的。「妳可以幫我掀開外面的水溝蓋嗎？」美惠哭喪著臉，大眼睛像隨時會掉出眼淚來。「啊？」這可是繼長髮公主式網路分享後，最奇特的協助請求。

美惠在家，總戴著耳機和未婚夫視訊，連進浴室也不例外，而就在泡完澡時，不小心把放在一旁的訂婚戒跟著洗澡水一起流掉了，試了各種工具挖尋，就是毫無辦法。

「我讓水流了好幾個小時，戒指應該已經沖到一樓下水道了。可是我打不開蓋子，請妳幫幫我。」儘管我不認為事情有這麼簡單，但還是順著她，趁房東不在家，把門口的下水道蓋掀開來讓美惠翻找。

結果，當然找不到。美惠哭著跑回房間。

幾天後，美惠又來敲門，這次倒是笑容滿面，胸前掛著的赫然是枚訂婚戒，「妳買了新的嗎？」「不，是神的指示。」美惠說她去了地主神社求籤，詢問戒指的下落，得到一支大吉。回到家，直覺門口底下的下水道裡，有東西在呼喚她，掀開一看，就發現婚戒正躺在那兒閃閃發光。

美惠接著說她當初一到京都，就通過地主神社的戀愛石檢測，加上這次神蹟，越加確信自己提前在台灣決定的婚姻完全是椿良緣。她會把訂婚戒掛在胸口，以免再丟失了。

之後，美惠再度不見蹤影。過完新年，某個下雪的夜晚，收到她的婚紗照，我才恍然大悟，原來是回台灣辦婚事了。

闊別三個月，成為人妻的美惠度完蜜月，捧著喜餅回到京都喜孜孜地宣布：「我不會再隨便回台灣了，因為一切都塵埃落定。」新學期也要開始了，美惠說她會好好生活，甚至約我一起賞櫻：「我們要一起玩遍京都喲。」

新聞預測京都的櫻花將在三月三十一日綻放，但直到四月一號，整個城市卻仍舊春寒料峭，花苞也沒見到幾個，連脫口秀節目都嘲笑這則預測根本是愚人節笑話。又濕又冷的天氣持續了好一陣子，樓上的小婦人又回復到婚前的哀怨狀態，拒絕所有邀約，完全足不出戶，整天面對電腦和新婚丈夫叨絮。「好寂寞啊，我根本沒有想像的堅強。」穿著睡衣的美惠一臉憔悴，和丈夫視訊後仍舊感到孤單，索性找我上樓聊天。

地主神社
恋占いの石

進入四月後，鴨川旁的櫻花冒出新芽與花苞。但花兒不開，春季就不來。全日本都在等著這史上最遲的櫻花季，究竟何時才降臨？偏偏就在這時候，美惠決定要搬離住不到半年的土田公寓。因為她討厭房東土田先生。

因為丈夫有工作不能來京都陪伴，美惠決定把父母接來住三個月，卻遭到土田先生反對，理由是單身公寓契約明定不能有兩人以上長期同住。美惠激動地告訴房東：「可是我每天都寂寞到哭泣啊。」

「他是個大壞蛋！」美惠美麗的大眼睛充滿了淚水，她和家人相聚一解鄉愁的美好計劃，遭到無情的攔阻。

「但是，六張榻榻米大的房間，三個人要怎麼生活三個月呢？」雖然同情，但我還算冷靜。

「我自己會想辦法啊，我就是一個人在這裡撐不到夏天，才要爸媽陪著度過春天，暑假一到，就一起回台灣。」

宛如附和美惠高漲的情緒，京都盆地氣溫突然直接從谷底攀升到二十五度，儼然夏天，所有櫻花一夕綻放，整個世界花團錦簇，陽光燦爛。我拉著美惠到附近的疏水道賞櫻，夢幻般繽紛的景致，讓她稍微平靜下來：「好美呀，我要趕快把爸媽接來，一起欣賞。」

美惠搬走了，因為家當不多，很快就搬光。但直到櫻花落盡，都未曾看見她和家人賞櫻的身影。時間一久，她也完全淡出我的生活。

後來，聽說她離婚了。

清水舞台

「從清水舞台躍下」是一句日本諺語，意指只要許願後從清水舞台跳下，若能毫髮無傷便能達成願望，否則就只有死心一途。大抵是鼓勵人「以破釜沉舟的決心做事」。

「地主神社的詩籤告訴我，要有『從清水舞台躍下的決心』。」向前每有愛情煩惱，就會去地主神社抽籤求解。這次神諭告訴他要破釜沉舟走下去。

向前名為向前，個性卻一點都不勇往直前，對任何事情總是猶豫不決。想不到這一次戀愛，態度倒很堅決。

向前愛上了博士班的台灣學姐雯雯，只是雯雯已經有男友在美國留學，而且兩人已經訂婚，只等博士學位到手，雯雯學姐就會和男友雙雙回台灣結婚。向前知悉這一切，卻始終還是執迷不悟，常約學姐出遊、吃飯、喝咖啡，甚至不時買各種禮物討好她。對於向前的付出，雯雯全部接受，卻也毫不隱瞞地和未婚夫維持著感情。

「向前你好傻。」朋友們都勸告向前，不論情感或物質恐怕都只是付諸流水。向前似乎不太在意，覺得學姐是他的心靈伴侶，何況地主神社指示他「從清水舞台躍下」。

對這般信心堅強的單相思，我也只能啞口無言，更不明白他為何會相信地主神社的詩籤。向前笑著說：「因為地主神社就像是我的專科醫生，專治我的愛情困擾。」但任憑怎麼樣的決心，也阻止不了雯雯的男友終於翩然來到京都，住進她的公寓，等著她畢業，就要一起回台灣如期結婚。

向前徹底失戀了。沒人敢問他是否去過地主神社求支籤。

新學期開始，一位剛從新疆來的女孩娟娟迷上了向前。娟娟長得很標致，許多男孩都為之傾倒，她卻獨獨看上意志散漫的向前。

也不知道是不是問過地主神社，向前接受了可愛女孩的追求，談起了戀愛。苦惱的是，嬌滴滴的娟娟常常鬧脾氣，向前往往不知所措，據說兩人常常上演雨中、雪中瘋狂追逐的戲碼。

「我們不適合，但是我怎樣都不捨。痛苦啊。」向前陷入糾結的狀態。

「我也不知道該怎麼辦啊。」愛情本來就是個難題，誰知道該怎樣給建議。

「好吧，我只好再去問地主神社了。」向前回答自己。

「好啊。希望在京都的向前，一切順利。請地主神社這次給個有用的好詩籤。」

我如此暗自祝福。

歷經幾度分合，他們終究還是分手了。

向前後來成為一名基督徒。基督徒向前說，以前的他優柔寡斷，才會病急亂「問神」，只為了「讓自己有個憑藉與指引」而已。

祇園祭的儀式

「要不要一起去祇園祭？」據說，這是京都男生對女孩告白的台詞。

小美是父母的掌上明珠，當初到京都留學，可是爸爸媽媽連同乾爸乾媽一齊護送而來，還幫忙張羅所有家具家電，陪同遊歷了好幾天，讓她充分熟悉環境後才離去。也許就是這樣，一個人留下來的小美很怕寂寞，常常需要人陪伴。每當有人約吃飯，或是聽到同鄉有活動、出遊，她都會主動附和。只是當她都戀愛了還四處找人陪，大家就不禁要問：「妳男友呢？」小美的回答總是千篇一律：「他必須專心研究，我不能太常打擾他。」

小美和男友小偉住在同一棟公寓的上下樓。正確來說，是小美看上了住同一棟公寓的台灣同鄉小偉，進而主動告白，把鄰居小偉變成自己的男友。但說是男女朋友，在外人眼裡還是顯得奇怪。這兩人似乎很少見面，也極少一起出現在朋友面前。

某個晚上，小美突然發簡訊約我吃飯，特別叮嚀我不要約其他同學。

「姐姐，」小美習慣當小妹，這稱呼也暗示她想要請教人生經驗。「姐姐，戀愛究竟是什麼呢？」小美張著大眼睛，果然拋出大哉問。

小美說，男友把研究與課業看得比自己還重要，兩人很少見面，讓她很苦惱。

「妳為什麼喜歡這個男生呢？」我不懂，如果這麼冷漠，為什麼還要繼續維持戀愛關係呢？

「因為，他很優秀。」小美說著細數起男方的各種優點：「研究做得很好、曾經做飯給我吃、長得不太高，跟我站在一起剛好。簡單來說，我覺得我們很匹配。因為，我在地主神社求到的籤，都是大吉。」

那是祇園祭前夕，小美希望我們幫忙邀小偉出遊。如果只有他們兩人，男友一定會以課業繁忙為由拒絕。在京都，男孩邀心儀的女孩一起去祇園祭，是種示愛的儀式，小美希望和男友也能經歷。

於是，由我開口邀了小偉。那天，他真的開開心心地和女友一起出現了，和一群穿著浴衣的學生，大家嘻嘻哈哈地上街逛祇園祭。

街上人群熙熙攘攘，到處可見裝束鮮豔浴衣的女孩，以及手牽著手的情侶穿梭在山鉾之間，真是個青春美好的夏日祭典。

途中回過神來，發現小美和小偉落在我們身後很遠的地方。透過人來人往的縫隙，看見小美不知道和男友說了什麼，小偉突然刷地沉下臉，轉身走人，留下小美站在原地，不知所措，直望著男友離去的背影。人群不斷從她身邊經過，她就像個在空曠大街上迷了路的女孩。

我刻意轉移大家的注意力，謊稱腳被木屐夾痛了想休息，要大家先去前方的咖啡店等。大夥兒嬉鬧著往前移動。我發了簡訊給小美，告訴她我們要去喫茶，請她稍後來會合。

小美終於來了。當然只有她一個人。

「妳男友呢？」

小美揚起嘴角擠出一如往常的甜笑：「他突然想起有個研究計劃得完成，就先回去了。」小美努力說得雲淡風輕，聽起來也像是在說服自己。

良緣達成的真相

地主神社祭祀當地的地主神，通常是神社境內最小的神社，祭祀的是大國主，就是建國、農業、商業與醫療的神明。

某個下雪的寒冷夜晚，我和松本爸爸在香堤值班。一整夜等不到半個客人上門，兩人翻遍了店內所有雜誌，時間還是殺不完，只好閒聊起來。

「歐多桑，清水寺地主神社的愛情占卜，真的很靈驗嗎？」我想起留學生們對於地主神社的愛情神諭堅信不疑，不禁又想問問這位在京都活過一甲子的老先生，良緣達成祈願是否為真。

「哼，那都是騙人的啦。」松本爸爸不屑地哼了一聲，解釋起來。地主神社其實就是祭祀當地的地主神，通常是神社境內最小的神社，祭祀的是大國主，就是建國、農業、商業與醫療的神明，雖然也被認為和結緣有關，但是此「緣」泛指人與人之間的緣分，並非僅限男女。「為什麼最後會成了女性歡迎的戀愛之神呢？」松本爸爸喝了一口茶，繼續娓娓道來：「一般信徒、觀光客走進清水寺，誰會拐進那個小神社祭拜不起眼的地主神呢？為了挽救人氣，於是廟方開會決定，針對關心戀愛的女性客層，片面解釋結緣的緣為男女之緣，還把那顆石頭冠上『戀愛占卜之石』的名號，在地鐵、旅遊雜誌上大打廣告……慢慢地，地主神社就變成戀愛神社了，賺了好多錢啊，哈哈哈哈……」

「您怎麼會這麼清楚呢？」我不敢置信，這會不會也是松本爸爸道聽塗說來的？

「因為我以前在京都合作金庫工作啊，一入社就負責收清水寺的賽錢箱，當年開會的時候，我也在場啊。」

青天霹靂！聞名日本海內外的地主神社良緣祈求、戀愛占卜，原來是商業行銷

地主神社
縁
良縁祈願
地主神社

下的產物。

松本爸爸接著批評京都寺廟大收門票但不繳稅，賺得飽飽的和尚們都在祇園花街流連忘返……實在不合理。松本爸爸說了好多京都寺廟不堪的真相，但讓我呆了一個晚上的，還是有關地主神社的那一個。

青春紫芋物語

留在京都的日子進入倒數，又逢櫻花綻放時節。電視新聞放送著櫻花前線的預測，整個日本莫不引頸期盼著春暖花開。

我一邊聽著新聞，一邊打包。小小的六疊房間裡，一片凌亂——整理了一半的行李箱、等著封裝的紙箱、各種要讓朋友帶走的家當、大大小小還未分類的器皿……

事實上是無法割捨，不想封裝吧，房子怎麼樣也收拾不完。

同樣是櫻花盛開的季節，我一個人拿著幾十公斤的行李，搬進這個空蕩蕩的小房間；一個人迎著櫻花雨，穿越大街小巷，把冰箱、小鍋小鏟、穿衣鏡等各種生活用品，一樣一樣放上腳踏車吃力地搬回來；一個人深更半夜，組裝著比自己還高二十幾公分的書架，不小心撞到層板，還痛到坐在榻榻米上慘哭了一頓。

最心愛的紅色和式座椅，我曾坐著它，一個人吃過數不清的晚飯；看電視看到睡著；傷心不已的夜晚，枕著它輾轉反側，上頭沾滿了我的眼淚鼻涕。

這房間裡的一點一滴，莫不記錄著我在京都獨自生活的痕跡，無法捨棄，也無法裝箱。

正在感傷的當兒，一位台灣友人突然造訪，約我在附近的甜點店見面。拋下一屋子混亂，我初次走進平安神宮附近的「La Voiture」。這是一家有著白色牆壁、藍色木框窗戶的法式甜點店，散發著幽雅的氣氛。每次騎腳踏車經過，心裡總想著「下次一定要來看看」，真踏進來，卻可能是最後一次了。

我們點的據說是最受歡迎的「翻轉蘋果塔」。或許因為我們用中文交談，有個氣質高雅的銀髮老婆婆，坐在遠處一直興致盎然地望著我們。不一會兒，她拿了水瓶來為我們加水，露出親切的笑容：「兩位是台灣人嗎？」

不能不詫異啊！雖說中文不難辨識，但竟然分辨得出台灣國語跟京片子呢！我們異口同聲點點頭：「是的。」婆婆瞬間笑逐顏開：「我也是在台灣出生長大的，彰化女中畢業的唷！」婆婆興奮地指著自己，完全是一副少女模式。

有客自「故鄉」來，八十六歲的婆婆滔滔不絕地講起那個我們未能參與的台灣，眼睛閃閃發亮。「台灣好熱好熱，但是東西好好吃啊。我們幾個女孩子走在南國的陽光下，吃著枝仔冰，那情景我一生難忘。」

那是我頭一次聽說「灣生」這個名詞。意即在台灣出生的日本人，回母國後被冠上的代稱。

一九二〇年出生在台灣的百合婆婆，二十九歲那年因日本戰敗被「引揚」（撤僑）回到日本。因為是老小姐了，很快就被安排結婚，並在京都經營Gallery Café。遊歷過許多國家的百合婆婆，被巴黎的翻轉蘋果塔迷倒，一番拜師學藝後，決定在自己的店裡親手製作販賣。翻轉蘋果塔的製作極為費工，一整天下來也只能做出幾個而已。百合婆婆說，因為她對這蘋果塔有愛情，所以願意費心費力。「舌頭是吃得到愛情的。但這份愛情需要不怕麻煩的熱情，才能注入食物裡。」婆婆微笑地說。

是的，婆婆的蘋果塔吃起來充滿女性的青春熱情，味道強烈卻優雅甜蜜。不過這般感觸，我也只能簡單的用日文表達：「您的蘋果塔真的很好吃。」相較於婆婆的食物愛情論，我的形容詞實在貧乏，說完連自己都不禁傻笑。

「喔，不。最好吃的是台灣『ㄡˇ啊』（芋仔）。」婆婆輕輕搖著頭，說了芋頭的台語，「我少女時代最愛的甘味！但那是我做不出來的。畢竟，日本也沒有紫色的芋頭。」除了芋仔冰，芋頭酥跟芋粿也讓她津津樂道，都是她難忘的台灣點心。婆婆最難忘的還是她少女時代的「故鄉」。

幾天後，因為台北有了突發狀況，我先回台北一趟。在桃園機場候機時，突然想起百合婆婆的青春紫芋物語，於是順手帶回了一盒芋頭酥。

婆婆在自己一手打造的洋風喫茶店裡，端整地坐在咖啡桌前，小心翼翼地切開芋頭酥，叉起一小塊放進嘴巴：「對，就是這個味道！」充滿皺紋的嘴角浮現少女般的微笑。

百合婆婆闔上芋頭酥盒，把已經接手生意的孫女叫來，囑咐她送我一整個焦糖

蘋果派作為回禮：「吃完可以隨時再來找我喲。」我連忙告訴婆婆就要離開日本了，沒辦法吃這麼多。「那就分給妳的朋友吧！這是京都最好的甘味唷！喔不，是全世界最好吃的蘋果派。」婆婆說，「要離開了，想必很感傷吧。」當年她離開台灣時，身上只能帶一千日幣和少許的衣物；坐在引揚船上，最不捨的，是那些不知何時還能再一起吃枝仔冰的朋友。

接下來的幾天，我確實以蘋果派佐茶佐咖啡佐眼淚，和京都友人們一一道別，請他們順便帶走我屋內任何他們想要的東西。

儘管別離的滋味苦澀，蘋果派確實美味無比，沒有人不驚豔。

吃完蘋果派時，也終於清空一屋子物品。帶不走的送人，能帶走的裝箱寄回台灣，最後仔細打掃完畢，對著空蕩蕩的房間說聲「這些歲月，謝謝你」，然後拉著兩箱行李走出土田公寓，在櫻花雨中邁向新旅程。一切，彷彿如當初走進這公寓時的情景，沒什麼兩樣。

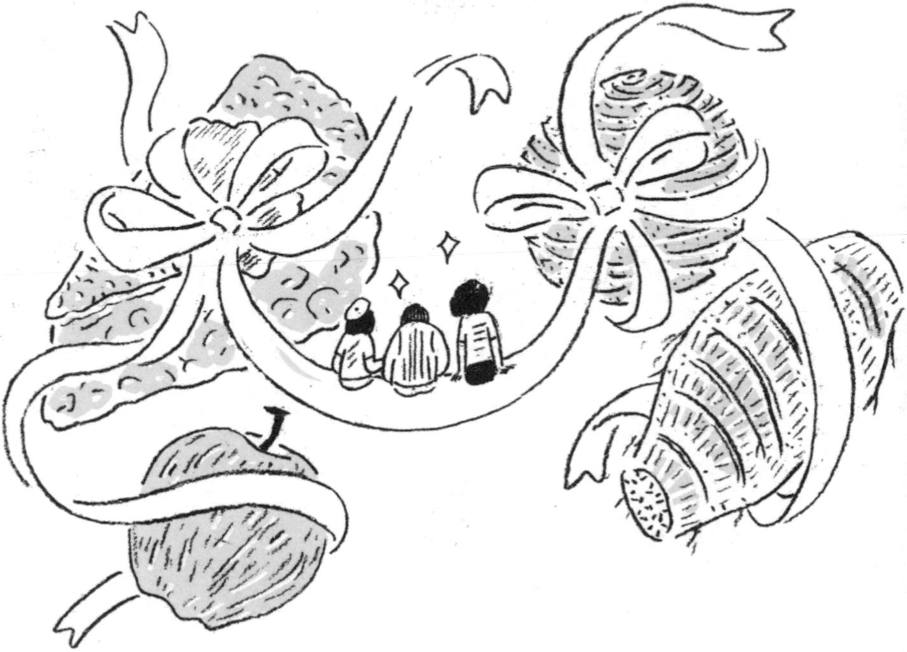

後來啊……

離開京都之後，總不時懷念起京都的朋友，以及它寧靜的風景，一有機會，就會想去走走。只是身分已經是觀光客，行走探訪時也從單獨一人變成兩個人。

京都的那些人、那些故事，也持續變化著。

La Cumparsita 的佐藤婆婆

旅程中的某個夜晚，我尋著當年的記憶，領著老公走在高瀨川旁，鑽進熟悉的小巷，期望再次看到佐藤婆婆，在 La Cumparsita 再聽一次「La Cumparsita」。好不容易憑著已經模糊的印象找到 La Cumparsita 的位置。小巷子裡仍舊五光十色、肉慾橫流，站崗的小哥雖不是當年那位，但打量人的眼光依然詭異。只見老喫茶店那扇美麗的木門竟已被漆上了鮮綠色，門上的店名更是消失無蹤。

難道 La Cumparsita 已經關店了？

因為心裡不願意相信這顯而易見的事實，還是推開那扇門探進去。咖啡店內部已經變成氣氛曖昧的涮涮火鍋餐廳，一個裸體的男人聽到聲音，從廁所伸出頭來，嚇得我拉著老公倉皇地逃出來。站在對門的小哥，一臉不屑又好笑地看著狼狽的我們。我上前問小哥，原來在這裡開咖啡店的婆婆呢？他用關西腔冷冷地回了一句：

「什麼婆婆？唔知！」

回台北後，才偶然在網路上看到 La Cumparsita 的消息。

一個住在東京的攝影師，和我一樣深愛著 La Cumparsita，特地到京都找佐藤婆婆（我這時候才知道婆婆姓佐藤）敘舊，卻發現美麗的咖啡店消失了。攝影師便四處打聽下落，得到的答案是「幾個月前，佐藤婆婆因為生病被送進安養院了」。看看網誌的日期，已經是三年前的事了。

「佐藤婆婆美麗的裝扮、親切的態度，用一兩小時煮一杯咖啡……還有那赭紅色的店面裝潢……啊，令人懷念！」這位陌生的攝影師用日文書寫的感想，和我多次用中文在心中說過的話一模一樣。讀著這段文字，佐藤婆婆當年為我們播放〈假面遊行〉時的身影彷彿歷歷在目，熱情的探戈音樂也在耳邊響起……

「佐藤婆婆，願您在安養院也一樣快樂而美麗。」我只能暗自祈禱。

美香和郁美的人生轉折

美香帶著小花搬進了臨近疏水道、附有浴室的單身公寓，一人一貓快樂地生活，完成了人生的第二個大願望。但他們倆在那裡也僅只住了兩年。

美香在酒吧偶遇一位製作太鼓的職人，兩人交往不到半年，就閃電結婚了。新婚夫妻在下鴨神社舉辦婚禮，在祇園買了町屋，組織起小家庭。雖然這個願望不在當初的目標列表上，但美香卻意外地完成了終身大事。

「想起來，人生真是充滿意外，目標不要太多也是好的，才會抽到目標之外的彩蛋。」後來，我和久仁美姐姐，以及美香再度在木屋町的居酒屋相聚，一向愛搞笑的美香如是說。但久仁美回應她，這不是玩笑話，是該被貼在牆上的至理名言。

只是，不久前美香捎來了悲傷的消息：「第一個消息是，我養的貓咪小花，不久前過世了。但他活了十八歲，相當於人類九十歲的高齡。他陪我這樣久的時間，我十分感激。另外一個消息是，久仁美小姐不久前癌症復發過世了。久仁美一直病魔纏身，痛苦了好一陣子，終於不用再受折磨，一方面為她感到高興，一方面又想：『當初是不是該為她多做點什麼呢？』心情十分複雜。」

久仁美姐姐在郁美離開京都後，對我照顧有加，怕我一個人寂寞，常常找我出去吃喝聊天。透過美香的通知，我也才知道在上海生活多年的郁美，最後因為姐姐的過世，還是回到了京都。

郁美去了上海，但終究沒能和他一直單相思的男生在一起。後來，郁美喜歡上另一個比她小十歲的日本男生，她的生活全繞著他轉，大家都說那個年輕男孩是「郁美的向日葵」。姐姐久仁美對此很擔心。

郁美和向日葵男孩最後也沒有下文，卻在上海找到服飾公司的工作，喜歡工作

的她在異國險峻的工作環境找到新挑戰，重拾鬥志，原想就這樣永遠留在中國了，甚至規劃到西藏旅行，不料行前接到了姐姐的死訊……現在的她，待在老家的洗衣店，陪著母親生活。

「錢賺再多，人生最終也是如此，哈哈哈。」帶我去八坂神社後的墓園，祭拜過久仁美後，郁美爽朗地笑著說，她不再執著於工作了。至於男人呢？「沒有遇到好的，就算了。」這一句，郁美用的是流利無比的中文。

吉田寮的朋友

離開京都兩年後，意外收到一封email，打開一看，居然是許久沒聯繫的鹿王子寄來的：「我要在馬來西亞結婚了，妳會來參加嗎？」

當時的我，不久之後也要從芝加哥回台灣辦婚禮，心想可以順道去馬來西亞喝老友的喜酒，馬上興奮地和鹿王子要喜帖。

電子喜帖上，有著變胖變成熟的鹿王子和他美麗新娘的婚紗照。新娘看起來活潑開朗，十足南洋人的氣質。正忖量著是先繞去馬來西亞再回台灣結婚，還是從台灣回美國前繞去喝鹿王子的喜酒？仔細一看日期，才發現馬來西亞的婚宴，正好和我的婚禮同一天！

「王子，很抱歉，你大婚那天我也有點忙……也正在台北結婚呢。」

「哎呀太有緣了，不愧是我的學生，那我們就在亞洲兩個不同的城市，同時結婚吧，哈哈哈。」

無緣參加鹿王子的婚禮，卻有緣同一天結婚，也讓我想起搬離吉田寮後音訊杳然的李沙。馬上發了郵件給她。

很快地，我收到了以日文書寫的回信：「李沙懷孕了。」還附上了一個部落格網址，李沙在上面詳細記載著她的懷孕心情：「雖然生活平淡無奇，但身體裡有了新生命讓我感到興奮，我可以成為新的人了。」之後，偶爾翻看部落格，漸漸的懷孕日記變成了育兒日記，李沙完全是一個為兒子哭為兒子笑的京都主婦了。我曾留言問她還拍片嗎？她寄來連結，果然也全是兒子的生活動態影片。

至今，不時造訪京都，總會刻意經過吉田寮，看著它似乎永遠不變的破舊風貌，像是提醒自己記得問候一下在這裡認識的兩位朋友。也會忍不住揣想，那些當年坐在門口高談闊論的年輕人，如今在做些什麼？又過著怎樣的人生？

La Voiture 的百合婆婆

在國外生活多年後，我終究也回到台灣。為濕熱的天氣足不出戶，現實生活失去目標，沒有想法、沒有悸動。原本挑剔的味蕾更變得麻木起來，時間到了，肚子餓了，把各種食材一股腦兒扔進鍋裡煮熟，甚至直接就著鍋子搭配電視吃將起來，但會記得轉到日本頻道，邊吃邊聽才不寂寞。

某天，電視上正在介紹京都美食，我原本低頭猛吃，突然聽到一個熟悉的聲音，迫不及待地抬起頭來看個仔細。

「啊！」螢幕上出現了「La Voiture」，白髮皤皤的店主百合婆婆正在介紹她引以為傲的翻轉蘋果塔。高齡九十好幾的婆婆，仍對她的蘋果塔充滿熱情與幹勁。

此時此刻，記憶中婆婆手作蘋果塔的酸甜濃郁滋味，夾雜著懷念與感動，頓時在舌尖與鼻腔流動了起來。

離開京都到美國新大陸，不知不覺間，我也習慣在秋天吃起甜死人不償命的美國肉桂蘋果派，以慶祝感恩節。偶爾想念台灣芋頭時，才會想起老婆婆的蘋果派，那細緻的甘味已日益模糊。回到島嶼，秋天沒有楓紅，卻隨時隨處可以吃到芋頭，於是再也沒吃過蘋果派。

在京都的日子，宛如上輩子的記憶，我也成為一個平凡單調庸庸碌碌的人，但就在這一瞬間，味覺的記憶儘管模糊，卻依然讓人心情激盪，婆婆講述青春時代的眼神、吃芋頭酥時的滿足笑容……歷歷在目。當初我是如何不捨地和朋友吃掉最後一塊蘋果派，又如何發誓要記得京都的美好……這一切，我怎麼都忘了呢？

我給婆婆寫了明信片：

「不知道您是否還記得我？那個多年前拿芋頭酥換您蘋果塔的台灣女孩。

今天偶然在電視上看到您的近況，非常感動。
謝謝您，百合婆婆，謝謝您仍在製作蘋果塔。
願您長壽，繼續為所有難忘青春的人製作那美好的甘味。」

後來收到百合婆婆的回信，大意是說，其實她已經不再做蘋果塔了，全部手藝精髓都傳給了孫女，孫女才是大當家。她每天仍會到店裡坐坐，這樣生活才有目標和意義。死前非常想再到台灣看看。

後來的後來，收到百合婆婆孫女的通知，百合婆婆不久前逝世了，享年九十六歲，安詳地離世。

不知道婆婆臨走前，是否「到」過台灣了？

離去。柔軟且明亮

十一月，楓紅的寶巖院，獅吼庭。清晨。

放眼望去火紅的楓樹，映著樸實古老的寺院。

地上厚厚的青苔，鋪滿褐黃色的葉子，繁星一般的形狀。

遊客都還沒出現，我閉著眼睛坐在椅子上，聽到風聲、鳥鳴。

全世界像是只有我一個人，卻一點也不害怕，只感到無比寧靜。

「這裡很美吧？」

張開眼睛，看到一個戴著帽子拿著說明手冊的阿姨，坐在我旁邊，望著庭院。

我想她應該是在對我說話吧。

「是啊，我都不想離開了。」我誠心地回答。

「日本可不是每一處都像京都這麼美好喔。妳是個幸運的留學生。」

「是啊。」

「日本有京都這個城市，真教人感激。」

「真的。」

阿姨說她坐了三小時多的新幹線，特地從關東來這裡，為的就是這如紅寶石般珍貴的寧靜與美麗。她很羨慕我住在京都。

看著滿地的楓葉，

發現心裡那塊黑暗而僵硬的角落，已經變得柔軟而輕盈。

經歷了冬天的嚴寒和白雪，才懷念夏天的炙熱、陽光。

體會了生命的寂寞與黑暗，才能活得熱情、明亮。

謝謝上天，賜給我一個人在京都的日子。
也感謝生命，讓我與這些人、這些故事相遇。